# 勇者から王妃にクラスチェンジしましたが、なんか思ってたのと違うので魔王に転職しようと思います。

# 登場人物紹介

**ガルシア**

半魔族が住む隠れ里の長。
顔の半面に虎の特徴が出ている。見た目は恐ろしいが、中身は常識人。いつもアンリに振り回されている。

**レイチェル**

『救済』を司る女神。
魔族の侵攻を阻止するため、アンリを異世界に引きずり込んだ張本人。今は力の大半を失っているらしい。

**アンリ**

本名不詳の元女子高生。
異世界に勇者として召喚され、紆余曲折を経て『魔王』と名乗る事になった。厄介事には自ら首を突っ込むタイプ。

**ユーグ**

半魔族の男の子。
人間から酷い扱いを受けていたが、逃げだした先でアンリと出会う。耳が良くレイチェルの声を聴くことが出来る。

**ベヒモス**

正式名称は『自律思考型移動城塞02式』
本体は魔王城そのもので、普段はアンリの作ったぬいぐるみを憑代にしている。

ヘイゼル
隠れ里に住む少年。
エルフの半魔族で、猟師をしている。
勇者時代のアンリと面識がある模様。
シャル
エリザとほぼ同時期に人間に捕らわれた半魔族の少年。
皮肉屋で、他人に対して辛辣な態度をとる。
何か秘密がある模様。
エリザ
翼をもつ半魔族の少女。
住んでいた教会を焼かれ、人間に捕らわれる様にして、アンリに引き渡された。
世間知らずのきらいがある。
ローランド・ヴィ・レーヴェン
アンリを召喚した小国の国王。
後にアンリを妃として向かえたが、ほぼ幽閉の扱いをしていた。
アンリの事を化け物だと思っている。
ヴォルフガング・フォン・ベルジュ
フィリアという国で反逆者として拘束されていた青年。
とある取引を経て、アンリの臣下になる。
フランシスカの腹違いの兄。
フランシスカ・フォン・ベルジュ
傾国のごとき美しさを持つ、元貴族の少女。
何らかの意図をもってディストピアに侵入した。
ヴォルフの腹違いの妹。

# CONTENTS

# 一・召喚《しょうかん》って聞こえはいいけど要するにただの誘拐《ゆうかい》だよね

『死が人を殺すというがそれは違う。退屈と無関心が人を殺すのだ』

そう言ったのはいったい誰だったか。思い出せないが、その言葉は強《あなが》ち間違いではないと今は思う。

——だとすれば、私は今まさに殺されている最中なんだろうな。

そんなことをぼんやりと考えた。

この世界に来たのが二年前。魔王を倒したのが一年前。そして、レーヴェンという国の王妃になったのも、そのすぐ後のことだ。時間と結果だけで見るならば、そう悪くはない結末なのかもしれない。

——それでもこの扱いに何も感じないほど、人生を諦《あきら》めたつもりもなかった。

「レイチェル」

私は窓の外を眺めながら、背後の存在に向かって言った。

「——もう、楽になってもいいよね」

返事は、なかった。

◆

突然ですが、この度《たび》、魔王に転職しました。――まぁ、虚《むな》しいことに自称ですけど。

「いやー、ホントこれはない。これが私じゃなかったらとっくに人類滅亡ルート確定だよね？　私の慈悲深さにもっと皆感謝するべきだよ、割とマジで」

廃城の薄汚れた玉座に腰掛けながら、私は吐き捨てるようにそう呟《つぶや》いた。

事の始まりは昨日。……いや、元々の発端は二年前か。

二年程前、私はこの世界に『魔王』を倒す『勇者』として召喚され、訳も分からぬまま『勇者アンリ』として、戦いの日々を強要された。武術はおろか、剣すら握ったことのない普通の女子高生にそんなことさせるなよ、ホントに。

それからなんやかんやで、一年足らずで魔王を取り巻きの魔族もろとも皆殺し、晴れて世界は平和になったのだ。わーぱちぱち。……はぁ。

まぁ、幸いな事に、何の被害もなく無事に討伐は終了したが、確実にいろんなトラウマを負ったように思う。血や臓物、断末魔の怨嗟《えんさ》の叫びなんて知りたくなかった……。今なら兎《うさぎ》や猪《いのしし》を顔色一つ変えずに解体できるな。そのスキルに反比例して、私の女子力は下がり続ける一方だ。いや、前からあったかどうかは謎だけど。

ともかく、問題はその後のことだ。

用済みの『勇者』など、権力者にとってはさぞかし邪魔な存在だったことだろう。流石《さすが》に面と向かって、そう言われたりはしなかったけど。

それでも私が処分されなかったのは、まだ利用価値があると考えている連中がいたからだろう。

まぁ、魔族ならまだしも、人間相手に凶刃《きょうじん》を振るえと言われたなら、全力で抵抗していただろうけどね!!

その後、同じ魔王討伐のバックアップ役だった、とある国の王子の妻になったわけなんだが、これがまた少女漫画も真っ青な愛のない政略結婚でして。ええ。

それからは何ていうか、飼い殺しみたいな生活が続いた。以前から、言いつけられたこと以外をしようとすると、命令口調で止められていたんだけど、それがより悪化した感じ。

王子が王位を継いだ後も、全く扱いが変わらなかった。拠り所《よどころ》など何処《どこ》にもなかったので、渋々ではあるが素直に従ったが、今思うとそれが悪かったのかもしれない。

それに加え、一国の王妃という役職を貰ったものの、はっきり言って私がすべきことなど何もなかった。

やることと言えば読書と、時折、近隣国同士の集まりにお飾りで参加するくらい。でも、参加しても誰も話しかけてこないとか、なにそのイジメ。泣きたい。

……え？　夫婦生活？　そんなのなかったですけど？　まぁ、あっても困るだけだけど。考えてみてほしい。私と彼の関係は、いわば看守と囚人と言い換えてもおかしくはないくらいだ。そんな状況で恋心が生まれるほど、倒錯した性癖を持ったつもりはない。でもいくら形式上とはいえ、夫の顔が曖昧《あいまい》になるくらい接触が無いのは流石に拙《まず》かったかもしれない。いや、それに関して、私は何も悪くないのだけれど。

それにメイドからの噂《うわさ》で、もうすぐ側室に子供が生まれるって聞いたしなぁ。別にそのことに嫉妬《しっと》するほど仲もよくなかったし、裏切られたなんて気持ちも湧いてこない。

確か相手は、討伐の際に随行していた女魔術師だったかな？　……だから余計に私の事なんて、どうでもよかったんだと思う。美人で胸も大きかったからね。それなら仕方がない。

そんなこんなでお飾りの王妃生活を一年続けたわけだが、まぁ普通、嫌になるよね。最後の魔王戦なんて単騎で魔王城に特攻だよ？　私じゃなかったら死んでいた。私すげー、まじかっけー。……誰も褒《ほ》めてくれないけど。

そもそも、魔王の成り立ちが拙かった。この世界での魔王と魔族というモノは、言ってしまえば異世界からの侵略者だったのだ。

聞いた話によると、魔族は人間が主食の種族であり、元の世界の人類を狩りつくしてしまったので、ここの世界に流れてきたらしい。――この、私が根城にしている『移動城塞《じょうさい》魔王城』という高度な魔導兵器に乗って。なんて迷惑な。

人間を食べる、という特性が怖かったので、魔族は一匹残らず殲滅《せんめつ》した。侵略なんていう非道な真似をしたのだから、何をされても文句は無いだろう。因果応報というやつだ。……それを言ったら、私も似たようなものかもしれないけど。

まぁ何が言いたいかというと、結局の所この世界の人間にとって私は、いくら勇者と言い繕《つくろ》っても、魔族と同じ『異邦人』でしかないのだ。

討伐中もそんなアウェイな気配をひしひしと感じていたため、聞き分けよく命令に従っていたのだが、それはそれでストレスが溜まった。せめて陰口は本人の耳に入らない所で言ってほしい。

で、計二年の間、我慢に我慢を重ねたわけだが、ふと気が付いた。

あれ？　何で私がこんなに我慢しなきゃいけないの？　と。

というよりも、既に状況的に詰《つ》んでいた。まさに飼い殺しコースまっしぐらである。

この世界に呼ばれた際に覚醒《かくせい》した膨大な魔力により、はっきり言って私に敵はいない。本気を出せばこの世界なんて二、三回は焦土《しょうど》にできる。誇張ではなく、事実だ。

でも正直なところ、それが自分の力だという実感も薄いし、やるつもりもないけど。

壊すだけなら簡単だけど、新しく作り上げるのは本当に大変な事だから。力の使い方はちゃんと考えなくてはならない。それが、私の勇者としての最後の義務だ。

「どう思う、レイチェル。こんな有様《ありさま》でまだ私に『英雄』を演じろと？　あー、家に帰りたいなー。ホームシックだわこれ。事後承諾で誘拐されちゃったもんなー。それに十六歳から十八歳までの黄金の二年間を、異世界で針の筵《むしろ》に座るとか、はっきり言って拷問以外の何物でもないよね。むしろ今まで我慢してきた事を褒めてもらってもいいくらいだよ」

「ご、ごめんなさい」

私の分かりやすい嫌味に、玉座の横に佇《たたず》んでいる少女が申し訳なさそうに俯《うつむ》いた。

……実はこの少女、私にしか見えない神様だったりする。そして、私をこの世界に誘拐した主犯でもある。ぶん殴ろうにも精神体のため、触れないのが残念だ。

悲しげなその顔を見ると、ちょっぴり同情しそうになるが、ここは心を鬼にするべきだろう。

……私だって、彼女に不満がないわけじゃないのだ。

元の世界に帰れないことは、この世界に来た日の夜に説明を受けた。そのことに関してはもう納得しているつもりだ。それでもやっぱり思うところはあるし、上手く言葉にできない黒い感情を抱く時もある。

だけどいくら私が文句を言ったって無理なものは無理だし、それは仕方がないと思う。できないことをいくら詰《なじ》っても、何の意味もない。

でも、その後の扱いはまったく納得していない。化け物扱いはもううんざりだ。いくら典型的な日和見《ひよりみ》主義の日本人とはいえ、我慢の限界というモノがある。

ぷっつんした私は、まず初めにこの女神様を説得することから始めた。

私の献身的な説得——という名の愚痴《ぐち》——に感銘を受けたレイチェルは、快く今回の逃亡に手を貸してくれた。というか、黙認してくれた。もともと私の扱いに心を痛めてたみたいだし、賢明な判断だと思う。

「やめてよ、謝られたって何も変わらないんだから。これからのことに変に口出しさえしなければ、それでいいよ。——そんなに不安そうな顔をしなくても、人類殲滅なんてしないって。面倒だし。ただ私は降りかかる悪意を退けるだけ。それだけだよ。だから、それに関しては文句を言わないでね？」

「……あんまり酷《ひど》いことはしないで下さいね？　お願いですから」

「それは相手の出方次第かなぁ？　いやぁ、私ってほら、手加減とか苦手だし？　うっかり『事故』が起こらないとは限らないよねっ」

「やめてあげて下さいよぅ……」

正当防衛って良い言葉だよね。……まぁ異論は認める。

閑話休題《それはともかく》。


王妃生活に飽き飽きした私は華麗なる逃亡を遂げ、この旧魔王領にやってきたのであった。

私がいた国から此処《ここ》までは日本からハワイくらいまでの距離があるけど、転移魔術で余裕でした。流石である。

あ、ちゃんと置手紙を残してきたから、その辺の問題はない。『王妃辞めます。探さないでください☆』って感じの内容だけど。

今頃、王様怒ってるだろうなぁ。周りに怒鳴り散らしている様を想像すると、なんかこう、胸が熱くなるね。メシウマ的な意味で。

「ああ、麗《うるわ》しの新天地……‼　まずは世界に声明を出さなくちゃ、『この旧魔王領は、私が頂いたぁ‼　私こそが新しい魔王だ‼』とかでいいかな?」

「それはちょっとやめた方がいいと思いますけど……」

「えー」

なかなかセンスがあっていいと思うんだけどなぁ。駄目かー。

「そもそも」

「ん?」

「何故魔王なのですか。そんな称号、無駄な混乱を招くだけですよ?　前みたいに勇者を名乗ったっていいじゃないですか」

不思議そうに、レイチェルが私に問う。

混乱？　そんなことは承知の上だ。でもさぁ、今まで嫌な思いをさせられたんだから、少しくらい意趣返しをしてもよくない？　別に本当に世界征服をするとかじゃないんだしさぁ。

魔王と一騎討ちした時に『俺様を倒したとしても、いずれ第二、第三の魔王が現れるだろう‼』って叫んでたし、私がその第二の魔王になっても別にいいんじゃないかな？

それに――いまさらどんな顔をして勇者だなんて名乗ればいいんだ。

「いいんだよ。私、勇者なんて柄《がら》じゃないし。それに私、あいつら大嫌いだしさぁ。彼ら曰《いわ》く『世界は平和』なんでしょ？　少しの混乱くらい受け入れろっつーの」

「――平和、ですか」

「そう、平和。お偉いさんが言ってるんだからそうなんじゃない？　――未だに餓えに苦しむ人が大勢いるし、どの国も下らない国家間戦争や貴族階級の汚職にまみれてるけどねぇ。まぁ、都合のよくないことに目を瞑《つむ》るのは何処の世界も一緒か。――この世界の危機に、彼らは『勇者』を呼び出した。私は言われた通り魔王を倒した。後のことは彼ら自身が解決すべきだ。私の仕事はもう終わったんだよ」

「………そう、ですね。これ以上はもう、望めません」

「うん。話が早くて助かるよ」

玉座から立ち上がり、両手を上げて伸びをする。ああ、とても清々《すがすが》しい気分だ。

こんな気分になったのは本当に久しぶりだ。人目を気にしなくてもいいというだけで、こんなにも心が軽い。

「楽しみだなぁ。元々この場所は人が寄りつかないし、殲滅作戦の時に凶暴な獣もついでに駆除したから外敵も少ない。国境線に結界を張れば、ずっと平和だね。都合がいいことに森も耕地も山も海もあるし、いろんなことができそうだ。ふふっ、制限がないって素晴らしいなぁ。――でも」

くるりと玉座の間を見渡す。

こびり付いた黒い血の跡。破壊の限りを尽くされた壁。所々にある白骨。何よりまず埃《ほこり》っぽい。

……いくら散らかしたのは私とはいえ、何ともひどい惨状だ。思わずこめかみを押さえて俯く。

「……まずは掃除から始めよう」

# 二．この城の中にはきっとブラウニーがいる

掃除をしよう。と言ったものの、あまりにも広大すぎる城内に眩暈《めまい》がした。……これを一人で？な、何日掛かるのかなぁ……。

「レイチェル、その、掃除のための呪文《じゅもん》とかないのかな？」

「ないですよ、そんなもの。そもそも魔術は本来、生活に寄り添うものではないですから」

「だよねぇ……」

久々の肉体労働の予感に震えが走った。さすが元魔王城。最後まで手こずらせてくれるようだ。

でも今日はもう寝室だけを片付けて寝ることにしよう。色々あって疲れてしまった。明日から本気をだそうと思う。うん、明日から。

いや、片付けられない女の典型例だと言わないでほしい。私は昔からやればできる子だといつも言われていた。

——次の日の朝、睡魔に耐えつつも二度寝をせずにベッドから身を起こした。

何となく体に怠《だる》さを感じたものの、特に問題はない。一度大きな欠伸《あくび》をし、ふと異変に気付いた。

「床に塵《ちり》一つ残っていないだとっ……!?」

私は異常なほどに見違えた室内を見渡し、戦慄《せんりつ》した。寝起きのドッキリにしては心臓に悪い。

そういえば何となく黴臭《かびくさ》かった部屋の空気も、柑橘《かんきつ》系のフローラルな香りになっている気がする。一晩寝ただけでこんなにも見事なビフォーアフターがあるとは何事だ。ていうか、寝てる時にこんな大規模なことをされて気が付かないなんて……。どれだけ鈍いんだよ、私は。

驚きのあまり固まっていると、頭上から一枚の白い紙がひらりと降ってきた。

訝《いぶか》しみながらもその紙を掴《つか》む。どうやら文字が書いてあるようだ。

『おそうじ、きにいってくれた？

たりなかったまりょくは、ますたーからもらったけど、べつにいいよね？　たくさんあるし。

そのゆびわがけいやくのあかしだから。なにかしたいことがあったらいつでもいってね。

たいていのことは、できるから。

自律思考型移動城塞０２式　登録名ベヒモス』

と、幼い子供のような拙《つたな》い文字でそう書かれてあった。最後の名前？　だけはしっかりと書かれてたけど。

……魔力が動力の城だとは理解していたが、この様子だとまさか城自体に意思があるのか？　それかもしくは専用の精霊が住み着いているかのどちらかだ。

――それにしても指輪？　その文字を見て、初めて自分の指の違和感に気が付いた。

右手の薬指に、金色の土台に紫色の大きな石が付いた指輪が嵌《はま》っている。何時《いっ》の間に。

思わず引き抜こうと引っ張ってみたが、皮膚に張り付いたようになっていて抜けない。……呪《のろ》いの装備か何かか？　特に違和感はないが、どうにも気になる。

少し不安に思ったが、特に害もなさそうだし、暫《しば》くは放置しておくことにする。

それにしても『ベヒモス』か。私の世界では大喰《おおぐ》らいの悪魔の名前だったような気がする。……なんかそう考えると燃費悪そうな気配だなぁ。

「えー、ベヒモスくん？　それともベヒモスちゃんの方がいいかな？　水が欲しいんだけど貰えるかな？」

試しにそんなことを言ってみる。すると、ベッド脇の机の上の空間が少しぶれたかと思うと、その場にお盆に載ったガラスのコップが出現した。

――転移の空間魔術。それも恐ろしく無駄のない術の構築だった。魔力頼りの力業《ちからわざ》の私とは大違いの練度だ。中身を解析してみたが、危ないものは何も入っていない。本当に、ただの水だ。

恐る恐るコップを口に運んでみる。……冷たくておいしい。変な味もしない。

全て飲み干し、コップをお盆の上に戻すと、最初の時と同じように転移して、その場から綺麗に消えてなくなった。

どうやらそのための発動魔力は、維持のためのプール分から賄《まかな》われているようで、私に負担はまったく掛からなかった。

転移に構築に温度変化。並の魔術師が同じことをすれば、一日は昏倒《こんとう》していてもおかしくない難易度の魔術だというのに……。

本当にこの城は、異世界のテクノロジーの結晶なのだろう。幸いなことに、私は魔力だけは自信がある。思ったより相性が良いみたいで安心した。

「ベヒモス……ベス君でいいか。ちょっとこの城の案内を頼んでもいいかな？」

私がそう言うと、間髪入れずに返事が書かれた紙がふってきた。そこには『いいよ』と一言だけ書かれている。

城の中を探索してみると、私でも扱えそうな設備がそろっていた。どうやらこの城のテクノロジーは、私のいた世界に比較的近いようだ。

まぁ行き過ぎた科学は魔法と同じ、とよく聞くし。この場合はその逆のパターンなんだろうけど。

魔力とは即《すなわ》ち無色の力だ。使いようによってはいくらでも応用が利く。つまり、何にだって代用できるのだ。

でも神の存在が身近だった頃にくらべ、今のこの世界は魔術師の権力が衰えて久しい。これからは間違いなく科学の時代になり、魔術はもっと廃《すた》れていく。今更魔術中心の生き方をしようだなんて思う者は出てこないだろう。今は魔術の適性すらない人間が殆《ほとん》どだしね。何よりも、割に合わないわけだし。

そんな時代に逆行しているこの城は、やはり『異端児《わたし》』にこそ相応《ふさわ》しいのかもしれない。

城の構造から見て、電線や水道管が通っているわけではなさそうだし、恐らくその全ては綿密な魔術により機能しているのだろう。老朽化の心配も、それならいらないな。

この世界の発展レベルが地球で例《たと》えると、ヨーロッパの中世くらいだったので、ある程度の苦労は覚悟していたんだけれど、これならば楽ができそうだ。

……あれ？　ということは、もう蝋燭《ろうそく》の明かりで本を読んだり、トイレが水洗じゃないことに涙しなくていいんだ。

そう思うと、心が少しだけ軽くなった。どうやら自分で思っていた以上に、今までの不便な生活がストレスになっていたようだ。

「いやー楽だなこれ。ちょっと内装の趣味は悪いけど、機能性は完璧《かんぺき》。惜しむべきは食料の在庫が無いことかな」

あったとしても魔族の食生活から考えて、人肉がベースだろうからいらないけど。……早々に処分しなくては。

あ、でも、倉庫に普通の食料を入れておけば、現在の城の主《あるじ》である私好みの料理が出てくるんだろうな。ならば目下の目標は、食料の調達としようか。

「っ、ぶはっ！」

ばしんっ！　と勢いよく白い紙が私の顔に張り付いてきた。な、なんだ？

『あくしゅみなんかじゃないもん』

そうしっかりと太字で書いてあった。

「……あ、うん。ごめん」

私がとっさに謝ると、手に持っていた紙が揺らぎ、文字が書き換わった。

『わかってくれればいいよ』

どうやらセンスの話題は禁句らしい。び、微妙に納得がいかない。

それにしても本当に良い拾い物をした。この城は、ここの世界にはない技術力の塊《かたまり》なので、とっくに何処かの国の手に落ちているかと思ったのに。

でも、私が足を踏み入れた時は全てが手つかずのままに残っていた。調度品とか死体もそのまま

の姿で。

その理由は旧魔王領に入った時、すぐに分かった。

——魔力が吸われるのだ。それも凄《すさ》まじい量を。

私から見れば大した量ではないのだが、普通の人間には酷《こく》だったのだろう。魔力が枯渇すれば、その次は生命力を奪っていく。その結果は、もう目に見えている。

というよりも、この城塞が無差別に魔力を吸い上げるのは、別にトラップでも何でもない。ただ維持魔力を集めているだけだ。

恐らく彼は、この旧魔王領を自身の支配領域《テリトリー》であると認識しているのだろう。だから魔力、もとい生命エネルギーを勝手に徴収できるのだ。

あの城を管理していた魔王がいなくなったので、城は独自の判断で効果範囲内の魔族によく似た生き物から無差別に魔力を徴収した。つまりはそういうことだろう。

城から離れた所ですらこんな状況なのだ、本丸が手付かずでいた理由も頷《うなず》ける。

この城は外から見ると普通の大きさの城なのだが、中に入ると空間がねじ曲がっているらしく、注ぎこんだ魔力の量によって広さが変わるそうだ。

『もっとひろくする?』と聞かれたが、私とレイチェルしかいないのに、これ以上広くしても意味がない。寧《むし》ろもうちょっとコンパクトにできないか?　と聞いてはみたが、どうやらそれは難しいらしい。

最低ラインが普通の城の大きさというのだから厄介だ。普通の魔力量ではとうてい維持できそうもない。まぁ、私は別だけど。実感がないとはいえ、自身の才能が役に立つのはありがたい。

私を管理者として登録したとのことなので、今後は私の意思で何時でも起動できるし、範囲内から離れたとしても魔力を供給できるようになるそうだ。追加の手紙にそう書いてあった。

それにこの城を使えば元の世界に帰れるかな、と思ってみたりもしたが、現実はそう甘くないようだ。

ベヒモス曰く『この星を全て犠牲にするくらいのエネルギーがないと無理』との事らしい。植物も動物も――勿論《もちろん》、人間すら例外ではない。

ふと、取り留めのないことが頭に浮かんだ。

「ねぇベス君。もしもなんだけどさ、魔王と魔族が生きていたら、そいつらの犠牲で足りたかなぁ？」

その言葉が口に出たのは何となくだ。他意はない。純粋に気になっただけだ。

『むり。それでもまだたりない』

「そっか」

残念、とは思わなかった。何となく分かっていたことだし。今さら言ってもどうしようもないしなぁ。

星ひとつ犠牲に、とは言っても、流石に私も罪のない人を犠牲にしてまで、元いた場所に帰ろうとは思えない。……そこまでしてしまったら、もう私は自分を人間とは呼べなくなる。

「それはともかく、まずは食料の確保だな。とりあえず倉庫から香辛料を拝借して、魔術で原材料を量産しよう」

私の魔力の適性はほぼ万能型だったが、特に適性があったのは『増殖』と『破壊』だ。増殖は色々なことに応用できるし、破壊は言うまでもない。

復元と増殖と活性の魔術の合わせ技であら不思議、たった三分で立派な林檎《りんご》の木が‼　っていうのも強ち無理な話じゃない。

言ってしまえば魔力は生命力と同じだしね。応用が利くのも理解できる。

その分、ゼロから物を作り上げるのは苦手なんだけどね。あくまでも、加工する素材があってこその技だ。

水みたいな単純な物質を魔術で生成するのは比較的簡単だし、面倒ならば湖から転移で引っ張ってきてもいい。塩は海から精製して調達すればいいかな。

『ぼくがつくろうか？　まりょくさえくれれば、ほかになにもいらないよ』

「……いや、少し考えさせて」

流石に口に入るものだけは、原材料がはっきりしている方がいい。何となく不安だし。

それに食べ物は土属性の魔術で耕した農地に種を蒔《ま》いて、魔力をつぎ込んで急生長させれば、すぐにでもできる。

うーん、どう考えてもイージーモードだなこれ。張り合いがないかも。まぁ、食料の心配をしなくていいというのは、贅沢《ぜいたく》な話だけどね。

とりあえず在庫ができたら今度はゆっくり育てよう。それまでは精々手を抜いて楽をしようか。

でも、土いじりなんて小学校以来だなぁ。なんかワクワクする。まぁ虫は嫌いなんだけど。蛇とかは平気なんだけどなぁ。

「この辺りの地形は……あ、ありがとう」

独り言に気を利かせてくれたのか、またしても頭上から紙が降ってきた。中身は予想通り、この辺りの地図である。

鼻歌を歌いつつ、地図に印を付けていく。――あぁ本当に、

「――楽しいなぁ」

此処は良い所だし、十分に一人でやって行けるだけの基盤がすでにある。できることならここに長く留まりたい。でも、

「……邪魔、されないといいけど」


後々のことを考えると、頭痛がしてきた。このまま放って置いてくれるのが一番いいんだけど、彼らがどう動くのか見当もつかない。……ここは先手を打ってしまった方がいいかもな。

そう思い、深いため息を吐《つ》いた。

どうやら平穏な生活までの道のりは、まだ長そうだ。

## 三．実は本人が思うほど相手は気にしてなかったりする

「麦とー、お米とー、一般的な野菜とー、あ、果物も忘れたら駄目だな。甘い物は別腹だし」

「ずいぶんと楽しそうですね」

ノリノリで農作物を決定していると、レイチェルが呆《あき》れ顔で話しかけてきた。

何を呆れる必要があるというのか。失礼な。

「楽しいよ？　今まで壊すばかりで何かを作ることなんてなかったし。凄く新鮮。まぁ、実際やることは全部魔力頼りだけど」

耕作地を作る。そう言ったものの、農業はおろか家庭菜園の知識すら持ち合わせていないぞ、私は。何かを育てることだって、小学生の時に朝顔を育てた時以来だ。

……まあ、それでも最後は魔術でなんとかなるだろう。たぶん。

「先ほどもこの辺りの地図を見ていたようですけど、この赤い印はなんですか？　かなりの広さがあるようですけど」

レイチェルが床に放置してあった地図を見やり、不思議そうに問いかける。

「ん？　全部、耕作地にする場所だけど？」

この旧魔王領は日本で言うと北海道の三分の一ほどの広さがあり、その内、耕作地にできるのは三割程度だ。下地のような物はできているし、そこまで大変ではないだろう。

魔族が農業なんかするはずないから、侵略される前に人が暮らしていた時の名残《なごり》だろうな。そう考えると少し感慨深い。

因《ちな》みに赤色でチェックを入れたのは、その内の二割。場所自体は点々としていて統一感がないが、実際は転移魔術を使うので距離なんて関係ない。

「貴女《あなた》しか食べる人がいないのに、こんなに作物を育成しても無駄になるのでは？」

「だって、暇だし。それに将来的には牧畜もしたいからさぁ。備蓄は必要だよ。動物って植物と違って魔力だけじゃ育てられないから、ある意味、先行投資と思えばいいんじゃない？」

自分のためだけに働くのって、やっぱり楽しい。何よりモチベーションが違う。

この世界に来て以来、今が一番テンションが高いかもしれない。うん、悪くないな。

「何だか、此処に来てからよく喋《しゃべ》りますね」

「え？　私は元からよく喋る方だよ？」

私がそう言うと、レイチェルは怪訝《けげん》そうな顔をした。確かにかつての私を思い出すと、そうは思えないのかもしれない。

「――あの国にいた時は人の目もあったからね。誰にも見えないレイチェルと話すと、頭のおかしい人って思われるし、そんなに話せてはいなかったからね」

「いえ、そうではなく……」

腑《ふ》に落ちないとでも言いたげな表情で、レイチェルは私から目を逸《そ》らした。何なんだ、いったい。

「あ、それとさぁ。宣戦布告の内容なんだけど――」

楽しげに話し出した少女《アンリ》の声を聴きながら、女神《レイチェル》は二年前の事を思い起こしていた。
あの日――レイチェルが祭られている神殿で、大規模な召喚の儀が行われた。そう、勇者の召喚だ。

◆

『人類の敵を討ち滅ぼすため、勇者の召喚を』レイチェルは多くの人々にそう乞《こ》われた。

レイチェルはできる事ならば、その期待に応《こた》えたかった。

――だって、自分が神として司《つかさど》っていたのは『救済』なのだから。

でもレイチェル自身は女神の扱いを受けているとはいえ、元々は只《ただ》の人間に過ぎない。

様々な巡り合わせの後、死後に女神として祭り上げられたが、たかだか数百年の歴史しかない神に大きな力は揮《ふる》えはしない。

だからこそ、レイチェルはその召喚の儀を利用した。

やることは簡単。儀式の途中に次元の狭間《はざま》に紛れ込み、魔王を倒すだけの素質がある人間を探して、こちらに引きずり込む。それくらいならば今のレイチェルの神格でも可能だった。

――狭間の扉が開かれた刹那《せつな》、那由他《なゆた》の時空の果てに彼女《アンリ》を見つけた。

次元の狭間から手を掴んだ時の、目を丸くして驚いていた彼女の顔は今でも忘れられない。

彼女は自身の力のことをよく『借り物の力』だと評する。でもそれは違う。

レイチェルが彼女に与えたのは、せいぜい無駄のない体の動かし方と、魔術の使い方だけ。

あの強大と言っていいほどの魔力は、それこその自前の物だというのに。

……いや、この言い方には少し語弊《ごへい》がある。彼女自身の魔力の保有量は、普通の魔術師の少し上くらいでしかないのだ。

問題は、その魔力の純度。

魔術を火に例えて、普通の人間の魔力を只の木材だと仮定すると、――彼女の魔力はさながら爆薬のようなものだ。同じ量を用意したとすれば、どちらが強く燃え上がるかは一目瞭然《いちもくりょうぜん》だろう。

このことを本人に告げた事はあるが「紙とニトロくらい差があるってこと？」と首を傾《かし》げていた。ニトロが何なのかはレイチェルには分からないが、その後の言動からみるに、彼女なりに何となくは理解しているのだと思う。単純に興味がないから流しただけかもしれないけれど。

彼女が元の世界に留まっていたならば、一生発見できなかったであろう稀有《けう》な才能。その力量はすでに女神であるレイチェルを大きく超えていると言ってもいい。

それでも彼女が自分のことを、ぞんざいな態度ではあるが『女神』として認識してくれているのは、ひとえに同情によるものだ。とレイチェルは思う。

――彼女《アンリ》の召喚に割り込み、加護まで与えてしまったレイチェルには、もう殆ど力が残っていなかった。回復は優に数百年は掛かると思われる。いや、大衆からの信仰が薄れている今となっては、数千年は掛かるかもしれない。

今のレイチェルにできる事と言えば、せいぜい彼女に話しかける事くらいだ。

――何が救済の神だ。そうレイチェルは自嘲する。

確かに彼女の御蔭でこの世界は大きな危機から救われたかもしれない。

でもその裏側で何の関係もない少女が一人、笑顔を失ってしまった。私の、せいで。

「ねぇちょっと、レイチェル。ちゃんと聞いてる？」

そんなことを考えていると、反応が鈍いレイチェルを怪訝に思ったのか、不満そうな表情で彼女《アンリ》がそう問いかけた。

――ああ駄目だ。彼女に無駄な心配をかけるわけにはいかない。何とかごまかさなくては。

そう思い、レイチェルは無理やり笑顔を作る。

「ええ、聞いてますよ。でも私、仮面にマントはやめた方がいいと思います。流石に時代遅れですし。あ、でも貴女がどうしてもと言うのならば止めはしませんけど」

「何の話⁉　そんなこと一言も言ってなかったよね⁉」

「あれ？　そうでしたっけ。でも貴女なら言い出してもおかしくはないですし……」

「よし、ちょっと冷静に話し合おう。まず最初の議題は、レイチェルの中で私がどれだけ残念なことになっているかについてだ」

「え……、本当に聞きたいんですか？」

「何その含みのある言い方⁉　そんなに酷いの⁉」

大仰《おおぎょう》な仕草で女神の癖に腹黒っ‼　と叫んだかと思えば、彼女《アンリ》は耐えきれなくなったかのようにクスクスと笑いだした。

彼女は笑いすぎて浮かんだ涙を指で拭《ぬぐ》うと、レイチェルに向かって微笑《ほほえ》みかけた。

「あー、おかしい。いつもそんな風に話に乗ってくれれば退屈せずに済むのに」

「知らなかったんですか？　私も結構お喋りな方なんですよ？」

「それはそれは結構なことで。——なんていうか、その方がこっちも気が楽だよ。無理やり国から連れだしたようなものだしね。それにあの国にいた時、いつもレイチェルは情けない顔してたしさぁ、これからは私の女神様なんだから、もっとどっしり構えてくれないと困るよ」

「困るんですか?」

「困るよ。私がいざという時、頼れるのはレイチェルだけなんだから」

「…………」

レイチェルは思わず言葉を失った。こうなったのは全部自分のせいなのに、それでも彼女は自分を頼ってくれる。こんな役立たずを、必要だと言ってくれる。

——胸の奥から、言葉にできない何かが溢《あふ》れてくる。

レイチェルはそっと右手を胸に添える。霊体の体では、温度なんて感じないはずなのに、こんなにも温かい。

この感情はなんだろう?

同情と憐憫《れんびん》をはらんだものではない。ましてや愛情とも友情とも呼べないくらい、もっとずっと、重くて深い。

でも、不思議と嫌な気分ではなかった。

「ええ、そうでしょうとも。私は、貴女の女神なんですから」

——それでも今は胸を張ろう。たとえ力が無くとも彼女が信じてくれる限り、私は女神でいられるのだから。

レイチェルのその言葉に、彼女は嬉しそうに微笑んだ。

「そう来なくっちゃ。――それで明日の予定なんだけど……」

そうして時折、相槌《あいづち》を打ちながらレイチェルは彼女の話を聞く。楽しげな『未来《これから》』の話を。

かつて人知れず世界の危機を救った救済の女神は、今はたった一人のために祈りを捧げる。

願わくば――彼女の未来に幸多からんことを。

# 四．日本人のポーカーフェイスって他の国の人には理解し難《がた》いらしい

「──まだあの化け物は見つからないのか!?」

「申し訳ありません陛下っ、王妃様の行方は未だ掴めておりません。見張りの兵は悉《ことごと》く昏倒させられていましたし、何処へ向かったかすら定かでは……」

「くそっ!! この件が他国に漏れたらどんな非難を受けるのか、お前は分かっているのか!? いいから事実が広まらないうちに探し出せ!!」

「はっ、はい!!」

王の剣幕に委縮した兵士は、一目散に背を向けて駆け出して行った。

一方、兵を怒鳴りつけた王の表情は暗い。余裕もなくグシャグシャと頭をかきむしると、机に両肘《りょうひじ》をついて頭を抱えてしまった。

──まさか、アレが逃げ出すとは。

レーヴェンの王──ローランド・ヴィ・レーヴェンは、二年前に己《おの》が国が呼び出した化け物について思案する。

長年この大陸全土を恐怖に陥れていた『魔王』を駆逐するために異界より呼び出した『勇者』、それがあの女だった。

魔王領から遠く離れたこの地『レーヴェン』で召喚が行われたのには、いくつか意味がある。

一つ目は、この国は大陸屈指の魔術大国だということ。異界からの召喚の儀が行えるほどの術者はこの国にしか存在しないからだ。

二つ目は、この国がかつて『聖女レイチェル』を生み出した歴史を持つ国であるということ。要は、験担《げんかつ》ぎというやつだ。

救国の乙女と謳《うた》われた聖女の加護がある地ならば、魔王を打ち倒すほどの武勇の持ち主を呼ぶことも不可能ではないかもしれない、といったところだろう。その目論見《もくろみ》は、良くも悪くも成功してしまったわけだが。

もしも、あの化け物が普通の少女で、人懐《ひとなつ》っこく笑顔が絶えない娘だったとしたら、きっとローランドの評価も変わっていたことだろう。

だが魔法陣から現れたのは、魔族を示す黒い髪と黒い瞳を持つ少女だった。――処分を検討するには十分な理由だった。

それだけならまだしも、その少女は友好的な態度を取ることはおろか、必要以上に話しかけることすらなかった。こちらがわざわざ善意で話しかけてやっても、困ったように眉を顰《ひそ》めて、当たり障《さわ》りのない返答をするだけ。そんなもの、好感を持てという方が難しい。

念のため、召喚の際に特殊な魔法陣の上で『真名』を奪い行動に制限を加えていたため、こちらに逆らうことはなかったが、何かの拍子にその枷《かせ》が外れないとは限らない。

最初は魔王の眷属《けんぞく》達を少しでも減らすことができれば御《おん》の字、としか思っていなかったのだが、我々の予想に反し、あの『勇者』は規格外すぎた。

魔王の眷属の魔族ですら一騎当千の実力を持つというのに、アレはまるで虫でも払うかのような事もなげな様子で奴らを消して行った。

淡々と、だが確実に魔族の数が減っていく。それは確かに喜ばしいことの筈だった。――だが同時に『勇者』による脅威が上がっていくのは、こちらにとっては望ましいことではなかった。

あの『勇者』は本命の魔王にすら単騎で挑み、大した怪我もなくその首を持ち帰ってきたのだ。

その時はもうすでに、とてもではないが、『勇者』は捨て置ける存在ではなくなってしまっていたのだ。

返り血を体中に浴び、生首を片手に無表情で歩いてくるその姿は、まさに『化け物』と呼んで相違なかった。

何も知らない民衆達はあの化け物を褒《ほ》め称《たた》えたが、あれを近くで見ていた各国の上層部が抱いた感情は――身の毛もよだつほどの恐怖だけだ。

諸外国の面々からも、あの化け物を殺すべきだという意見が出ていたが、今後また魔王のような存在が現れたら我々では為す術《すべ》がない。戦力はできうる限り保持しておいた方がいい。最終的にそう彼らは結論付けた。

話し合いの後、『勇者』の召喚国であるレーヴェンが責任をもって監視をすることになった。

何も知らない民衆共からは異常に人気が高いので、使わぬままに捨て置くのも些《いささ》か惜しい。

ローランド個人としては非常に不本意であるが、お飾りの王妃として勇者を迎えたのだ。

その結果、勇者が幽閉扱いとなったのは言わずもがなだが。

それから約一年が経過し、特に何の問題もなく今までやってこれた。だが、あの化け物は何の前触れもなく姿を消した。

誰もいなくなった質素な部屋の中には、一枚の手紙が残されていた。

親愛なる陛下へ

このように手紙を送るのは初めてですね。あ、安心して下さい。たぶんこれが最初で最後ですから。

突然のことではございますが、私、此処からお暇《いとま》させていただきます。

故郷から誘拐まがいで此処に召喚《らち》され、粛々《しゅくしゅく》と『勇者』としての役割を全うしたと自分では思っていたのですが、その報酬がこの仕打ちでは納得できるわけがありません。理由はそれで十分でしょう？

別に報復をするつもりはないのでご安心下さい。私に好き好んで人を殺す趣味はありませんので。

女神レイチェルに誓いましょう。

ああ、それと。貴方がたは私から『真名』を奪ったと思っていらっしゃるようですが、よく考えてみてください。

いくら混乱していたとはいえ——誘拐犯に素直に本名を告げる馬鹿がいますか？

嵌《は》めてもいない首輪の存在を拠り所にする貴方がたは、それはそれは滑稽ではございましたが、そんな方達にわざわざ教えてあげる事もないでしょう？

杏里真由《アンリマユ》という名前は偽名です。

ですが、咄嗟に考えたにしては気に入っているので、これからもアンリと名乗っていこうかと考えております。別に何時《いっ》ものように化け物と呼んでくれても構いませんが。

……話が長くなってしまいましたね。

王妃の位は只今をもちまして返上いたしますので、どうぞ存分にあの魔術師の女性とお幸せに。

あ、くれぐれも私のことは探さないでくださいね。

元勇者　アンリより

――まったくもって馬鹿にしている。

ローランドは手紙の内容を思い返し、舌打ちをした。

従順な振りをして、心の中では我々のことを馬鹿にしていたのだ、あの化け物は。

だが、アンリが復讐を考えているのならばわざわざこんなことをせず、既に国を滅ぼしていてもおかしくはない。奴にはそれだけの力があるからだ。

疑わしいが、人に手を出さないという一点だけは信じてもいいだろう。

そうとはいえ、諸外国がそんな説明で納得してくれる筈もない。

彼らにとっては、己が近くに危険な猛獣が拘束具もなしに解き放たれているのと同じような感覚なのだ。手綱《たづな》を放してしまったレーヴェンが非難されるのは確実だろう。

それに今ならまだ話し合いで解決できるかもしれない。そうローランドは考えていた。

待遇が不満ならば、腹立たしいが譲歩してやらなくもない。その辺りは話し合いになってくるが、あんな小娘一人丸め込むのは容易なはずだ。

――くそ、あの時、魔王と共に相討って死ねばよかったものを。この私に手間をかけさせるとは何様のつもりだ。

イライラと、机を叩く。そんなことをしても事態が好転しないことはローランドも分かっていたが、行き場のない怒りのぶつけ所がほかにない。

「陛下‼　陛下はいらっしゃいますか‼」

「なんだ、騒々しい」

先程、彼が怒鳴りつけたのとは違う兵が、ノックもなしに部屋に駆け込んできた。

その兵士の顔には焦りが見て取れる。

「た、大変なのです‼　――急いで空をご覧ください‼」

「……は？」

その後に待ち受けていたのは、思いもよらない事態だった。

# 五．ネーミングセンスには定評があります。悪い意味で

『あ、あー。マイクテスト。聞こえてますか、みなさーん』

中庭に出た先の空に広がっていたのは、逃げたはずのアンリの姿だった。

「な、なんだあれは」

「分かりません。ですが魔術師の話によると、映像の転移魔術の亜種だそうです。どうやらここから遠くはなれた土地から操作しているらしく、場所は特定できないとのことですが……」

ローランドを連れだした兵士は申し訳なさそうにそう言った。

いや、たとえこの付近で行われたとしても、アンリが術を途中でやめるとは思えない。

以前の見せかけだけは大人しかった時ならばまだしも、今の奴は本性を現している。

『えーっと、聞こえてるよね？　大丈夫だよね？　まぁ、いっか』

黒い髪を靡《なび》かせながら、クラシックな黒いドレスの両端を持ち、化け物は恭《うやうや》しくお辞儀をしてみせた。

お飾りながらも王妃を務めていたこともあってか、礼儀作法だけはまだ見れるレベルだ。

だがしかし、この場においてその振る舞いは、かえって見る側の不安を煽《あお》る。

——恐ろしい生き物が笑顔で礼儀正しくしていることこそが、そもそもの問題なのだ。

……相手が激昂《げっこう》した状態であれば、こちらもまだ何らかの対応が選べるというのに。

そんなローランドの心中など知る由《よし》もないアンリは、なおも微笑みながら言葉を続ける。

『はじめましての人も、お久しぶりの人も、こんにちは。《勇者》アンリです』

そう言うと、化け物は楽しそうに笑った。ローランドが見たことのない、屈託のない自然な笑顔で。

その事実に自身が動揺していることに、ローランドは驚いた。

――何故だ、あの化け物が笑おうが泣こうが、私にはどうでもいいはずなのに。

訳の分からない焦燥を抱きながらも、アンリの言葉の続きを聞く。

『今日こうしてこの大陸全土に映像を発信しているのは、大事な発表があるからなんです。聞き逃さないで下さいねー、いいですかー？』

大陸全土？　――この国だけではなくそんな広い範囲にまで、こんな高度な魔術を展開しているというのか？

ローランドは、何とも言えない背を這いずるような恐ろしさを感じた。

――それにしても、この女はこんなにも砕けた話し方をしていただろうか……いや、ない。

即座に心の中で否定する。ローランドの記憶にある彼女は、何時だって他人行儀な敬語を使っていた。まるでこれでは別人のようではないか。

『私ことアンリは、只今をもって旧魔王領を制圧、及びその地に王国《ディストピア》の建国、そして――二代目《魔王》の就任を此処に宣言いたします』

そう高らかに化け物は宣言した。

――な、何を言っているんだこいつは。建国？　二代目の魔王だと？　何を馬鹿なことを……。

恐らく、この映像を見ていた誰もがそう思ったことだろう。それほどにアンリの言葉は、あまりにも突拍子もないものだったのだから。

アンリの言葉を皮切りに、黙って空を見ていた兵や文官が口々に騒ぎ出す。

当たり前だった。この世界では『魔王』とは最悪と災厄の象徴。それを曲がりなりにも『勇者』が宣言したのだ。騒いだとて無理もない。

『みなさん静粛《せいしゅく》にー。心配せずとも別に貴方達を殺したりなんかしませんよ。あくまでも《魔王》は便宜上の名称ですから。あは、びっくりしちゃいました？　嫌ですねー、軽いジョークなのに。そんなに大げさに反応しなくてもいいじゃないですか。

あ、でも、私の国に勝手に入ってくるような人は容赦しませんからね？

――それがたとえ誰であろうとも、私は絶対に許さない』

ひやり、とローランドの背筋に悪寒《おかん》が走った。

今までずっと道化のように軽口を叩いていたと言うのに、最後の一言だけが底冷えするような声音で紡《つむ》がれたからだ。

改めて自身が『捕食される側』だと自覚する。それがローランドにとっては耐え難い屈辱だった。

ローランドは気づかない。自分が今まで薄氷の上に立ち続けていたという事実を。いや、気づきたくないとすら思っている。

そう思うのも無理はない。今まで絶対的に優位に立っていたと思っていたのに、それが見事に逆転してしまっているのだから。その感情を認められるわけがなかったのだ。

――だが、認めねばなるまい。

自身の間違いを、思い上がりを、全て。何もかも。――打ち滅ぼされたくないのであれば。

『と、いうわけで国境には近づかないで下さいねー。そうしたら私も何もせずに済みますから。偉い人たちもその辺りの対応よろしくお願いしますね？』

アンリはパッと顔を上げると、何事もなかったかのようににこやかに話を続けた。

『――それでは皆様、ごきげんよう』

奴は恭しくお辞儀をすると、空の蒼《あお》に掻き消えた。報復を考えていないという言葉は、嘘ではないかもしれない。

――だが、それと我々を憎んでいるかどうかは別問題ということなのだろう。

ローランドは深くため息を吐きながら、右手で目を押さえて天を仰いだ。

――見誤っていた。ああ、そうとも。全部自分の思い上がりだった。アレは決して御《ぎょ》しやすい小娘ではない。立派な狂犬だ。とうてい、私の手には負えそうもない。

「陛下、先ほどの王妃様の言葉はいったい……」

「アレは、もう王妃ではない」

「え」

「もう、アレには関わるな。――死にたくなければな」

アンリの言う通りに旧魔王領に近づきさえしなければ、被害を受けることはないだろう。

恐らく先ほどの宣告は、興味本位で近づく愚か者を牽制するためのものだ。いや、忠告と言ってもいい。

アンリの前では人間など一瞬で消し炭にされるのが関の山だ。わざわざ刺激する事もないだろう。

幸いにもレーヴェンは旧魔王領から離れている。出向く意味もない。……暫くは近隣が煩《うるさ》く捲《まく》し立てるかもしれないが。

それにしても、とローランドは考える。

「……あんな風に笑えたんだな」

「何かおっしゃられましたか？」

「いや、なんでもない」

今さらあの化け物に対する態度が間違っていたと言うつもりはないが――少しだけ空虚な気分だった。

◆

その後、程なく行われた国家間での対策会議にて、建国を宣言した本人が不在のまま『王国ディストピア』の建国が承認された。

『王国』への対応は、大きく分けて三つ。

《不可侵》《不干渉》そして《監視》だ。

会議に参加した面々は、誰もが『魔王アンリ』には敵《かな》わないことを自覚していた。

それでも中には、あの前魔王が君臨していた暗黒時代に戻るくらいならば玉砕覚悟で進撃を、と唱える過激派がいたのだが、それを説得したのは意外にも、かの魔王を妻にしていた召喚国の国王だった。

魔王には争う意思がないこと、戦っても敵わないこと、そして何よりこの事態を招いたのは我々の責任であると、何度も説いた。

過激派の面々から、化け物に情でも湧いたのかと揶揄《やゆ》されることも少なくなかった。だがそれでも彼は主張を曲げることはなかった。

彼がその時、何を思っていたのかは定かではない。

恐らく、下手に手を出して報復に巻き込まれたら堪《たま》らない、といった打算もあったろう。

だがそれでも、その中にはほんの少しだけ『平穏に暮らしてほしい』といった想いがあったのではないかと思うのは、希望的観測だろうか？

そのことを、魔王は知らない。

きっとこれからも知ることはない。

彼らが分かり合える運命は、既に破綻しているのだから。

——かくして、神聖暦三四六年　衣《きぬ》の月　十三日。王国『ディストピア』の歴史が始まりを告げた。


この際、国民総数、僅《わず》か一名。

この当時の情勢において、まぎれもない異端の存在であったこの国が、いかにして繁栄を築いたのか。それを、今から語っていこうと思う。

## 六．残念ですがそれも一つの現実です

建国宣言から三か月。他の国から何かしらのアクションがあるとばかり思っていたのだが、予想に反し、誰からの接触もなかった。

良いことだ、と言ってしまえばそれまでなのだが、これでは誰にも相手にされていないみたいじゃないか。何だか腑に落ちない。

レイチェルに頼んで隣国の様子を探ってもらったのだが、国境付近に巡回兵が数人いるくらいで、大した動きはなかったようだ。

国の中枢に行けば詳しい状況が分かるかもしれないが、流石にそれはちょっとめんど……いや、国際的な良心に基づいて止めておくことにする。

それに三か月ともなれば、流石に単調な日々に飽きが出てくる――と思いきや、意外にもそんなことはなかった。

実際問題、趣味で始めた農業は試行錯誤の末、何とかまともな物を収穫できるまでに至ったし、何より国内視察を兼ねたピクニックも意外と楽しかったりする。まぁ、話し相手はレイチェルしかいないけど。

城に帰ればベヒモス――通称ベス君が至れり尽くせりの対応をしてくれるし、正直文句を言う場面がない。十分に順調な新生活だと言えた。

だがこの平穏こそが、これから巻き起こる騒動の前触れだったとは、今の私には知る由もなかった。

◆

「ん?」

「どうかしました?」

日課の水やりを終え、私は城でまったりとしたティータイムを楽しんでいた。茶葉は自家栽培のハーブで、ミントの爽やかさが心地よい。たまに分量を間違えて咽《むせ》るけど。

いちおう、緑茶や紅茶も作れなくはないのだが、魔力での急生長で作った結果、どうにも味の質が悪かった。やはりああいった高級な嗜好品は、手間暇を掛けなければ美味《おい》しくならないようだ。深いな。

それはともかくとして、そんなささやかな時間を邪魔するかのように、結界に反応があった。前もって害獣対策で耕作地に仕掛けていたものだ。

場所は……比較的国境線に近いトマトの畑か。あの辺りは森が近いからなぁ。私はやれやれ、と肩を竦《すく》める。

詳細は分かりにくいが、小さなイノシシほどの大きさの生き物だろう。反応はそこに留まって動こうとしない。

「そろそろ収穫期だっていうのに……。許さん」

私は静かなる怒りを胸に立ち上がった。人の成果を横取りするなんて万死に値する。よし、今日の夕飯は猪鍋だ。魔王様頑張っちゃうぞー。

そんなわけでヤル気満々で畑まで転移した私であったが、現場での光景に思わず唖然《あぜん》としてしまった。

収穫直前のトマトを貪《むさぼ》り喰《く》っていたのはイノシシではなく――犬のような耳の生えた人間だったのだから。

……なるほど、国境線の結界は最低でも大人ほどの大きさじゃなければ反応しないようになっている。これくらいの子供一人ならば、見落としたとしても仕方がないか。

「……あの、ちょっと」

「――っ、ぁ」

その少年――年の頃はまだ十歳くらいだろうか。薄汚れた貧相な服を着て、手足や頬は可哀想なほどに肉がなく、棒切れのようだった。明らかに、旅人の装いではない。

私が声を掛けたことにより、少年は手に持っていたトマトを落とし、大きな目を見開いてガタガタと震えはじめた。

わぁ、魔王様ってば、めっちゃ怖がられてる。これでも見た目は普通の女の子なのになぁ。自分じゃ分からないけど、変な威圧感でも出ているのだろうか……。

それにしても、と私は思う。

「その耳、もしかして『半魔族《ハーフブラッド》』？」

「う、あう」

『半魔族《ハーフブラッド》』はその名の通り、両親もしくは祖父母のどちらかが魔族の血を引いている者のことを指す。

前魔王の侵略が百年近くも続いていたのだから、そんな者達がいても何もおかしくはない。実際、私も遠征の際に何度も遭遇した。

魔族が人間のことを食料としてしか見ていなかったとはいえ、中には人間を囲って奴隷にしたり、近隣の国を襲って女を略奪したという話も少なくはなかった。

そんな中で生まれたのが、彼ら『半魔族《ハーフブラッド》』だ。

彼らは通常の人間よりは力が強く、中には親の特性を引き継いだ特殊能力者もいたりする。その多くは身体に人とは異なる特徴を持って生まれてくる。

だが、その地位は決して高くはない。魔族からは出来損ない扱いをされ、人間からは化け物扱いをされる。……彼らには居場所がないのだ。

それでも人間より力があるのだから反逆すればいいと思うのだが、現実はそううまくはいかないらしい。

半魔族同士で徒党を組もうにも、絶対数が少なすぎるのだ。比率で言ってしまうと、大きな国の王都に一人か二人いれば十分多い方だろう。

この大陸全土で考えたとしても、恐らくは五百人にも満たない。そんな有様では人間達の数の暴力に負けるのは必然だ。

そんな中でも集まった者達が、隠れ里を作り暮らしているという話を聞いたことがある。だが、この少年の有様を見るに隠れ里の住人という線は薄い。

――だとすると、逃亡奴隷か。

半魔族の大半は力の弱い幼少期に拘束され、奴隷として売られることも少なくはない。

よくよく見てみれば手足に擦れたような痕《あと》が見える。恐らくは手枷の痕だろう。

黙ったままの少年をじっと見つめていると、少年はハッとしたように慌て始めた。

「ご、ごめんなさい‼」

少年はそう叫ぶと、その場に平伏し、地面に頭を擦《こす》り付けるかの勢いで謝り始めた。

「ぼ、ぼくお腹がすいてて。ここまで声に従って歩いてきたら、美味しそうな赤い実があったからついっ。――此処が魔王様の土地だなんて思ってなかったんです、だから、こ、殺さないで下さい」

怯《おび》えた様にガタガタと震えながら、ボロボロと大粒の涙をこぼしてそう懇願する。

チラリと見えた服の下の手足からは、痛々しい鞭の痕が見えた。足も素足のままで、所々血が出ている。

……確かに私は魔王であり、そこそこ冷淡であるという自覚があるが、この姿を見て何も思わないほど、人間を辞めてはいない。

「まだお腹はすいてる？」

「え……」

「おいで。――久方ぶりの客人をもてなさないほど、私は狭量じゃない」

ぽかんとしている少年の手を掴み、了承も得ない内に転移で城へと連れ去る。着いた後にベス君に風呂と彼の服と食事の準備を頼んだ。

それと念のため、彼からは魔力を徴収しないように言いつけておく。私が来てから領地内からの無差別徴収はなくなったが、城の中までは確認していない。何も言わないでおくと、気が付いたら死んでいたとか、ちょっとありそうで怖い。

大広間に戻ると、レイチェルが慌てた顔をして駆け寄ってきた。

何？　治癒魔術をかけてやれ？　……あぁ、怪我が酷いからね。了解。

そんなやり取りを目線の動きだけでして、少年に治癒魔術をかける。幸いなことにそこまで深い傷はなかったようで、一度の魔術で完治まで持っていけた。

よかった。魔力耐性のない人には、治癒魔術ですらアレルギーを起こす人がいると聞くし、連続の使用は危険だからね。

体が軽くなったことに気が付いた少年は、驚いたような様子で手足を確認していた。

だが、少年は此処に来てからずっと困惑した顔のままだ。その瞳の奥には怯えが見て取れる。別に食べたりなんかしないのに。

「仕方がありません。いきなりこんな悪の巣窟《そうくつ》のような内装の城に連れて来たら、誰だって怯えます」

と、レイチェルが沈痛な面持ちで呟く。

いや、この内装は私の趣味ってわけじゃないし。ある意味ベス君の趣味だし。ていうか突っ込みどころ違くない？

ジト目でレイチェルを見詰めていると、少年が恐る恐ると言った風に口を開いた。

「ま、魔王様。……あの」

「何？」

「これから僕はどうなるんですか？」

「…………」

うん、正直そこまでは深く考えてなかった。実際のところ、どうしたものか。

とりあえず風呂に入らせて、着替えさせ、食事を与えた後、どこかの隠れ里の前にでも置いておくのがベターだろう。少しばかり食料を持たせておけば、きっと受け入れてもらえるはず。たぶん。

そう考えていたのだが、私の無言を悪い意味に受け取ったのか、少年は目に見えて慌てだした。

そうして意を決したかのように私をしっかりと見つめた。

「あ、あの‼　――できれば、痛くしないで一瞬で終わらせて下さい」

「……いや、殺さないってば」

そんな覚悟を決められても困る。非常に困る。誤解もいいところだ。

「じゃあ、太らせて食べるつもりですか？　僕は半分魔族だから、あんまりおいしくないと思います……」

「食べもしないよ。ちょっと落ち着いて」

「な、なら僕の身体が目的ですか⁉　――いや、でも死ぬよりはずっと……」

「人を勝手に性的倒錯者扱いするな‼」

……ていうか意外と余裕だなお前。さっきまでの吹けば飛ぶような儚《はかな》さは何処へ行った。

混乱のあまりおかしな言葉を口走っているだけだとしても、変な方向に思考が飛び過ぎだろう。

大丈夫なの？

本人的には生きるか死ぬかの問題なんだろうけどさぁ……。でも何故だろうか、私が馬鹿にされているとしか思えない。

ま、まぁ、私は心が広いからね‼　笑って許してあげるけど‼　……泣いてなんかないやい。

それと、レイチェル。笑うなら隠れずに笑え。魔王様は激おこです。

ていうかフォローを手伝え。子供の相手なんてろくにしたことがないから、どうしたらいいのか分からない。

むかし、五歳くらいの従弟《いとこ》を数週間預かったことがあったが、あの頃は私も中二病真っ盛りだったからなぁ。いろいろ一緒に馬鹿をやったものだ。……性格歪《ゆが》んでないといいけど。


「本当に、殺さないんですか？」

「むしろ殺す方が面倒だし。……私は暇なんだよ。ちょうどいいから暫く話し相手にでもなってくれない？　それが此処に滞在する対価ってことにしてあげる。それなら納得がいくでしょう？」

「は、はい」

少年は、いまいちよく分からないといった顔だったが、それでもしっかりと頷いて見せた。

「ならいいさ。……でも、とりあえず汚れを落とす方が先かな」

ちょうどお風呂も沸いたみたいだしね。

## 七．貴方と私は違う。いつだってそれが争いの始まり

「へぇ、つまり君は農奴《のうど》として国境付近の村に飼われてたわけか。で、隙《すき》をみて脱走したと」

「はい。手首が細くなったお蔭で鎖が抜けたので、必死で逃げてきたんです。……此処が魔王様の国だとは知りませんでした。あの、申し訳ありません」

「……いや、知らなかったなら仕方ないよ。そこまで気にしなくてもいいから」

少年――ユーグはそう語った。姓はないらしい。

やはり最初に予想した通り、逃亡奴隷で間違いなかったようだ。

普通の国だったら引き渡し義務が生じるのだろうが、如何《いかん》せんここは天下の魔王国。条約なんて紙切れに等しい。そもそも国交自体がないしね。

とりあえず最初はご飯を食べさせた後に隠れ里まで送っていこうと思ったのだが、思った以上に衰弱しているので回復に努めた方がいい、とレイチェルに進言された。なので、基礎的な体力が戻るまではこの城で保護することにした。

最初の何日かは怯えられてばかりだったのだが、一週間もする頃には比較的に友好的な態度に変わった。私が危険じゃないことが分かったのだろう。そう思いたい。

それに、これはレイチェルの働きも大きい。

忘れかけていたが、彼は出会った当初『声に従って歩いてきた』と言っていた。そう、彼は珍し

い特殊能力持ちだったのだ。だけども、『超感覚《ギフト》』と呼ぶほどの精度ではないらしい。

効果は詳しくは分からないが、人ならざる者の声を聴きとれる、そんなところだと思う。

無事に兵に会わずに国境を越えられたのも、その声の導きに従ったからだそうだ。

私には聞こえないし、何も見えないが、恐らくは彼の守護霊的なものなのだろう。私にとってのレイチェルのようなものだ。

それにしても、逃亡先に私の国を選ぶなんてなかなか見る目があるじゃないか。何かは分からないが、褒めてやってもいいぞ。

そんな能力のお蔭なのか、姿は見えないらしいが彼はレイチェルの声が聞くことができた。見えないけど、聞こえる。私にはいまいち分からない感覚だ。

これにはレイチェルも喜んで、瞬く間にユーグと仲良くなっていった。

今まで話し相手が私しかいなかったのは、実は退屈だったらしい。……あれ、泣いてもいいかな。

だが、レイチェルの説得もあり、彼の疑念その他諸々も払拭《ふっしょく》されたので、私としては文句はない。なんか微妙に納得はいかないけど。

出会いから約半月。私達は色々な事をして過ごした。要は暇だったのだ。

熱い日差しの下で一緒に野菜を収穫したり、夜の空中散歩に連れ出したり、レイチェルと三人でハイキングをしてみたり。ほぼ毎日のように出かけていたように思う。

……私は自分で思っていた以上に人恋しかったらしい。

でも、それもそろそろ終わりにしよう。いや、終わりにしなくちゃいけないんだ。

彼だって私と一緒にいるよりも、同族と暮らした方がいい筈だ。

「明日には出発するから準備しておいてね。──そんなに心配しなくても大丈夫だよ。手土産さえ持って行けば、追い出されたりはしないはずだから」

「……はい」

それなのに、何故だかユーグの表情は硬い。不安がることなど何もないはずなのに。

「──ユーグ、私は君に会えて本当に良かったと思ってる。短い間だったけど、楽しかったよ。ありがとう」

私がそう言うと、ユーグは何か言いたげに口を開いたかと思うと、少し迷ってその口を閉じてしまった。

その不安げな瞳が「行きたくない」と言っているように見えるのは、きっと私の願望なのだろう。

俯いて、彼は言う。

「お礼を言わなくちゃいけないのは僕の方です。……今まで、本当にありがとうございました」

彼は何処か悲痛さを湛《たた》えた笑みを浮かべた。

新しい土地に不安を抱くのは分かる。でも、私の側《そば》にいるよりは幸せに暮らせるはずだ。……きっとそうに決まってる。

「いいよ、そこまで気にしないでも。──最後にレイチェルとも話しておくといいよ。……それじゃあ、おやすみ」

そう言って私はユーグに背を向けた。これ以上話していると情が移る。そうなればお互いに辛《つら》いだけだ。

「はい。おやすみなさい、魔王様」

ユーグは擦《かす》れた声でそう返した。

背後で鼻をすするような音が聞こえたがそれでも私は振り返らなかった。

◆

次の日、一つ国を跨《また》いだ先の山奥にある隠れ里の近くに、ユーグと二人でやってきた。

ベス君に造ってもらった手押し車に大量の日持ちする食糧を積んだので、手土産としては問題ないと思う。

行きの道で何者かの視線を感じたが、悪意はなかったので見逃すことにした。場所から考えると、恐らくは隠れ里の住人だろう。それならば寧ろ都合がいい。

魔王《わたし》とユーグが懇意であることを、ちゃんと周りに伝えてくれれば御の字だ。そうすれば隠れ里の住人に下手に手を出されることはないだろう。

……恐れられて、遠巻きにされる可能性はあるだろうけど。

私が勇者時代に行ったのは、魔族の討伐だったが、必ずしもそれが『正しい事』と周りから思われていた訳ではないだろうし。

――半魔族の中には、魔族に捕らわれていた者達もいる。私が魔族の拠点を壊した時に逃げ出した者が、隠れ里まで辿《たど》りついていてもおかしくはないだろう。

でもあの頃の私は、あくまでも人間のために動いていたのであって、決して半魔族のために動いていた訳ではなかったから。

はっきり言って、私は別に半魔族のことを積極的に助けようとまでは思っていなかった。あくまでも私の仕事は、魔族を殺すことだけ。それ以外のことなど請け負っていないのだから。まぁ、私も鬼ではないし、枷を壊し、逃走経路を示すくらいのことはしたけど。

……心の片隅では気づいていた。もしかしたら逃げ遅れた者が、人間の兵達に殺されているかもしれない。捕まって、死ぬよりも酷い目に遭っているかもしれない。

でもそんなことは、私には関係のないことだと思った。そう思おうとした。深く考えると、きっと私は潰れてしまうから。いろんなものから目を背《そむ》けて出来上がったのが、今の私だ。……本当に救えない。

そんな私が今は魔王と名乗り、一人の半魔族を気にかけて、なおかつ自立の手助けをしているだなんて。人生は本当に分からない。

ユーグは良い子だし、きっとすぐに新しい土地に馴染《なじ》める筈だ。

――だからきっと、大丈夫。

彼は最後に、ありがとうと言った。

私はきっと笑って見送ることができたはずだ。

だからこの頬を伝う水の冷たさは、きっと気のせいだろう。

◆

「よし、これで三杯目」

ザァッと肩にかけた桶《おけ》の水を甕《かめ》の中に入れ、ユーグは一息ついた。

こうして人力で水を運んでいると、魔王の城にいたことが夢だったのではないかと思う時がある。あそこはまるで、お伽噺《とぎばなし》の楽園のようだった。清潔で暖かくて、優しいゆりかごのような場所。もう二度と帰れないのだから、いっそ泡沫《うたかた》の夢だと思った方が幸せなのかもしれない。

――ユーグが隠れ里に来て、もう既に三週間が経過していた。

隠れ里には井戸がない。だから飲み水などの生活用水は、こうして近くの泉から汲んでくることになる。それが、今のユーグに与えられた仕事だった。

この隠れ里にいる半魔族は総勢二十人ほどで、ここで生まれた者も何人かいる。だが、たいていはユーグと同じように逃げてきた者が殆どだ。

働ける年齢に達していない者以外は、こうして何らかの仕事が振り分けられることになっている。幸いにユーグは幼いながらも腕力はあった。それが父親の血のおかげかと思うと、少しだけ複雑な気持ちになる。

此処に来た時、最初は警戒されたが、ユーグと魔王が共にいるところを見ていた者が「危険性はない」と証言してくれたため、事なきを得た。

「大丈夫ですよー。あの人、たぶん面倒事とか嫌いそうだし」

と、ものすごく軽い様子で言っていたのが不思議だった。その人はどうやら魔王と面識があるらしい。

隠れ里の長《おさ》はまだ三十ほどの男性で、虎の獣人の半魔族だ。気さくな良い人である。顔の右半分が虎そのものの容姿をしており、ユーグは最初それを見て固まってしまった。

捕らわれていた村には、自分以外の半魔族はいなかった。それ故にユーグは異形の者に耐性がない。そんなユーグの様子を見て、里長――ガルシアは豪快に笑って見せた。

「何、気にするな。みんな最初は同じ反応をする」

ガルシアは言った。この隠れ里にいる半魔族は、魔族の特徴が顕著に現れている者が多い。それはただ単に魔族的特徴が濃い者は見つかった際、人間に殺される確率が高いからだ。

――結局のところ、どう足掻《あが》いても人と半魔族は相容《あいい》れないということだろう。

そうユーグが思案に耽《ふけ》っていると、背後からガラガラ、という音が聞こえてきた。

「あ、こんなとこにいた」

納屋の戸を開けながら、誰かがやる気のなさそうな声でユーグに声を掛けてきた。

「ヘイゼルさん。どうしたんですか？」

ヘイゼルと呼ばれた、くすんだ金色の髪をした青年は、ユーグを見やると間延びした様子で話し出した。

「ん。長がさぁ、弓の使い方教えてやれって。もう弓と矢は用意してあるから、ちょっと付いてきて」

ヘイゼルはそう言って、森の方を指差した。

この青年こそが、自分と魔王が一緒にいるところを目撃した人物だった。狩りの帰りのことだったらしい。

ユーグはヘイゼルと連れ立って森の中を歩きながら、弓の使い方の説明をうけた。

だが、説明が曖昧《あいまい》すぎて要領をえない。

「弦《つる》を引き絞って、適当に獲物に向かって矢を射ればたいていは当たるかな。後はフィーリングで何とか」

「ええー……」

――この人、絶対教えるのに向いてない。

ユーグはその不満を口には出さずに、困り顔をしながら耳を伏せた。

そんなユーグを見て、ヘイゼルはやっぱりなぁ、とでも言いたげに肩をすくめる。

「はぁ、普通はそうだよねぇ。俺も長に言ったんだけどさぁ……。いくらエルフの半魔族だって、教えるのは無理だって」

ヘイゼルはそう言って、自分の長く尖《とが》った耳を撫でた。ヘイゼル曰く、矢を射るのはもはや本能レベルの技術であり、それを説明することはできないらしい。

「まぁ、それは建前って奴で、長の本音は違うんだろうけど」

「え？」

「大方、いっつも気落ちしてる君が心配になったんじゃないの？　そこまで分かりやすいと、誰だって気づくってば」

「…………」

ユーグはキュッと唇を噛んで、顔を伏せた。上手く隠せているとはユーグ自身も思っていなかったが、直接言われると流石に堪《こた》える。

――沈痛な面持ちで黙りこくるユーグを見て、ヘイゼルは大きなため息を吐《つ》いた。

「もー、いくら図星だからって、そんなにあからさまに落ち込まなくてもいいのに」

ヘイゼルは面倒そうにそう言うと、ユーグの頭をぽんぽん、と軽く叩いた。

――こういう役割って、俺は向いてないんだけどなぁ。ヘイゼルはそう思い、考え込む。

ヘイゼル自身、何故自分が相談役のようなことに駆り出されているのかが、全く分からないからだ。こんなこと、柄じゃないのは自分が一番よく知っている。

確かに自分は魔王と面識がある。相手がこちらの顔を覚えているかどうかは不明だが。

――ヘイゼルは元は魔族に飼われていた弓兵だ。その拠点にはヘイゼルと同じように腕を買われた半魔族が何人もいた。

ヘイゼルとしては衣食住さえ何とかなれば、その他などどうでも良かったため、大人しくしたがっていたが、他の者は違ったらしい。

中には魔族に反感を抱く者、逆に魔族に心酔する者などがおり、ヘイゼルのようにどうでもいいと言い切る者はごく稀《まれ》だった。

そんな最中だ。あの魔王――当時は勇者と名乗っていた――がヘイゼルのいた拠点にやってきたのは。それは、紛れもない天災だった。

迎撃に向かった半魔族は全て薙《な》ぎ払われ、蹂躙《じゅうりん》された。その時、半魔族側に死者が出なかったのはそれこそ彼女《アンリ》の計らいであったと、今では思う。

まぁ、ヘイゼルとしては放った矢が一本も当たらなかったことがムカつく、くらいの感想しかないけど。自分の矢を全部避けるなんて生意気だ、なんて当時は思っていたくらいだ。

この犬っころの少年が何をそんなに拘《こだわ》っているのは知らないが、今のままでいられては面倒だ。

ヘイゼルが木の上から見ていた限り、あちらの魔王もこの少年に未練があるようだった。

他人の厄介事に首を突っ込むのは心の底からごめんだが、それでも自分は一応、魔王に恩がある身だ。

一度くらいは、その清算のために動くのも悪くないだろう。

そのためには、この少年の本音を引き出す必要がある。

――さぁて、どうしたもんかな。ヘイゼルはやれやれ、と小さく息を吐いた。

「なんか随分と思い悩んでるみたいだけどさぁ、結局あそこの何がそんなに良かったの？　魔王様の人柄？　城での待遇？　それとも出てくる食い物とか？」

そのヘイゼルの問いに、ユーグは考え込む。何が、とあえて問われると、どうしても言葉に迷う。ユーグ自身、自分の感情が理解できずにいたからだ。確かに、食べ物も、寝る場所も何もかも魔王城の方が上だった。

だが、だからといって、この隠れ里に不満がある訳ではない。大人たちは皆優しい人ばかりだし、無理な労働を強いられることもない。前にいた村に比べれば、天国のような場所だった。

でも、自分はもうあの人に会えないのだということを思うと、どうしようもなく胸が苦しくなる。ご飯を食べている時、森を歩いている時、誰かと話をしている時。ふとした瞬間に思い出す。あの人達と過ごしたひと月を。

自分の中の答えは、分かりきっていた。

――そうだ。きっと自分は、捨てられたくなかったんだ。ただ、ずっと彼女の側に置いてほしかった。生まれて初めて、いたいと思えた場所だから。

「家族が」

「うん」

「ずっと、家族が欲しかったんです」

村にいた頃、重たい荷を運んでいる時に、幸せそうに寄り添い歩く家族連れを見かけた。

両親の手を取って歩く自分と同じくらいの少女を見て、ユーグは——とても憎らしいと感じた。

それは今まで感じたこともないくらいに、どす黒い悪意だった。どんな生き物も、生まれだけは選ぶことができない。

だから自分が半魔族として生まれてきたのも、こうして奴隷として使われているのも、仕方のないことなんだ——。そう思っても、ユーグの心は晴れなかった。妬《ねた》ましい。恨めしい。何で自分は、一人ぼっちなんだろう。いっそ、逃げ出してしまおうか——。

そんな折に手枷が外れた。

逃げ出した先で、あの人と出あえたのは本当に偶然だった。

彼女がユーグに向ける瞳も、頭を撫でる手も、笑顔も、何もかも暖かくて。……だから、勘違いしてしまいそうになった。

このままずっと彼女と女神様と一緒に、それこそ『家族』みたいに暮らしていけるんじゃないかって。

「あーもう。目ぇ溶けるよ？」

ヘイゼルに呆《あき》れたようにそう言われるも、ユーグの目からは涙が零《こぼ》れ落ちるばかりで、治まる様子がない。

――本当は、あの人の元へ帰りたかった。隠れ里の人達に優しくされても、その気持ちは変わらない。でもそれは、きっと皆に迷惑が掛かる。

そう思い俯いていると、ヘイゼルがすっとユーグに近づいた。

「えいっ」

「ふみゃぁッ‼」

グイッと尻尾を引っ張られ、ユーグは悲鳴を上げた。

「な、なっ、何を？」

ヘイゼルから距離を取るように後ずさりながら、ユーグは非難の目でヘイゼルを見上げた。尻尾と耳は獣人系の半魔族にとって最大の弱点だ。むやみに掴んでいいものではない。

「あ、涙止まった」

そうあっけらかんと言われ、ユーグはハッとして自身の目に手をやった。確かに、止まっている。

……止まっているけれど、先ほどの行為はやっぱり許せなかった。

「…………」

「いやぁ、そんなに怖い目で見ないでもいいのに」

ヘイゼルはやる気がなさそうに笑いながら、ユーグの額《ひたい》を突いた。明らかな子供扱いにユーグは眉を顰める。

「君がどうしてもあの魔王の所に帰りたいなら、手伝ってあげないこともないよ？」

「え？」

何故？　とでも言いたげにユーグはヘイゼルを見つめる。その申し出はとてもありがたいが、そうまでしてもらえるほど親しくなった覚えはないのに。

「別に大した理由はないって。ただ、後悔しながら生きるよりは、当たって砕けた方が気持ち的に楽でしょ？　後のことは俺が上手く言っておけば大丈夫なはず」

「……砕けるんですか？」

「てへっ」

ヘイゼルは誤魔化《ごまか》すように笑った。

そろそろ自分は怒ってもいいかもしれない、とユーグは思った。

そんなユーグの冷たい視線に居《い》た堪《たま》れなくなったのか、ヘイゼルはごほん、と咳払いをして話を続けた。

「まぁ、急に言われても踏ん切りが付かないだろうしさぁ、返事は明日まで待つよ。もしも行く気あるなら、また明日ここでねー」

ヘイゼルはそう言うと、ユーグに背を向けて去って行った。

その背中を呆然《ぼうぜん》と見送りながら、ユーグは考える。

きっと、あの人に他意はない。本当に善意……善意で自分に手を貸してくれている。そんな気がする。だって、悪意のある人が側にいるといつも聞こえてくる耳鳴りが、今回は聞こえてこなかったから。

だが、事は簡単に決められない。

魔王の元へ戻るということは、ここでの生活を捨てるということだ。もし、魔王に拒否されたら、どんな顔をして戻ればいいのか。……いや、戻ることなんてできない。そんなこと、できる筈がない。

たとえ戻ってきたとして、ヘイゼルが黙っていても、それはこの里への裏切りだ。合わせる顔がない。

文字通りこれは……運命の選択なのだ。

自分の心に従い、魔王の元へ駆けるか。

平穏を望み、この里で一生を静かに過ごすか。

「…………僕は」


そうして、一晩悩んだ後にユーグが選択したのは――

◆

ユーグを送り届けた日からひと月。私は前と変わらぬ平穏な日々を過ごしていた。

――心に一抹《いちまつ》の寂しさを残しながら。

だが、それは我らの女神様ですら例外ではなかったようだ。

「寂しいです」

「……何をいきなり」

「寂しいんですよ。なんでユーグを追い出しちゃったんですか？　私と話せる人なんて世界中を探しても数人しかいないんですよ。ずっと此処にいてもらったらよかったのに……それに貴女だって、あんなに楽しそうにしていたでしょう？」

そう不貞腐《ふてくさ》れながらレイチェルが言う。

その気持ちは分からなくもない。でも、それは駄目だ。

「ここに残ったからといって、彼に未来はない。友人も仲間も、ましてや恋人すら一生望めないような場所に縛りつけておくなんて、それこそ最悪だ。それに、ユーグだって此処に残りたいとは言わなかったし」

「……言わなかったのではなく、言えなかったんですよ。それくらい分かっているでしょう？」

「……さぁ、どうかな」

「それに、隠れ里といっても命の危険は高いです。どこにいたって、魔族の残党狩りの被害に遭わないわけじゃないんですよ？　彼らの村が襲われた時、殺されないとは限りません。仮に生きていられたとしても、よくて奴隷扱いでしょうね。彼がそうなってもいいんですか？」

レイチェルが煽るように言う。その言葉の裏には「だから迎えに行きましょう？」という意味が含まれているのだろう。本当に、分かりやすい女神《ひと》だ。

……私だって、別にその可能性を考えていなかったわけじゃない。

でも、だからといってどうなる？

「やけに煽るね。じゃあ、どうしろって言うのさ。その隠れ里の住人全てをこの国にでも連れて来たらよかったわけ？　――そんな面倒なことごめんだよ。もう私は背負うのも期待されるのも蔑《さげす》まれるのも全部ごめんだ。それならもう私は一人でいい。一人きりでいいんだよ」

「――人は一人では生きていけませんよ。私は、貴女がこのまま誰とも関わらずに過ごすのが、良いことだとはどうしても思えないのです」

「はっ、流石、女神様は言うことが違うね。――でも残念。私は魔王なんだ。普通の人間とは格が違うんだよ」

私の言葉に、レイチェルは悲しげに目を伏せた。もしかしたら強がっているように聞こえたかもしれない。

でも、私は十分に一人で生きていくだけの力がある。

誰にも頼らないで、誰にも迷惑を掛けないで、誰に理解もされなくたって、生きていける。

それが『魔王』というモノだろう？

いや、そうあるべきなんだ。

「昔話をしようか」

「え？」

私の唐突な言葉に、レイチェルが怪訝そうな顔をする。

「まぁ聞いてよ。――私は小さい頃に両親を事故で亡くしてるんだけど、これは前にも話したよね？」

「ええ、以前聞きました」

「その時にさ、気づいちゃったんだ。いくら私が泣きわめいても、願っても、祈っても、どうにもならないことがあるって。……死人は生き返らない。そんなのは当たり前のことだ」

そう言って、私は苦笑した。あの頃の記憶はあやふやだけど、あれ以上の絶望を私は知らない。

私の諦めが早いのはきっと、その時のトラウマのせいかもしれない。

「笑えないのは、今度は私の方が『奪う側』に回ったことかな。本当に、笑い話にもなりやしない」

私は本来そこまで強い人間ではない。満足に本心も晒《さら》せない寂しい奴だ。……今回の罪悪感は、平穏に生きていくために邪魔だった。

だから、目を逸《そ》らして視ないようにしていたのに。

――ユーグが目の前に現れて、向き合わずにはいられなくなった。自分のしたことを。紛れもない『罪』を。

私は魔族を殺した。――その中にはたぶん、ユーグの父親だって混じっているだろう。

「……何なんだろうね。よく分からないや。私は誰かに許してほしいのかなぁ？」

自分の気持ちが理解できない。……理解したくないだけなのかもしれない。この感情は、私にとってのパンドラの箱だ。逸話と違い、開けた後に希望なんか残ってやしないだろうけど。

レイチェルは以前に「魔族を殺すのは、仕方がないことでした」と言ったことがある。
・・・
仕方がない。魔族は紛れもない『悪』で、それに抗《あらが》う人間こそが『正義』である。つまりはそういう意味だろう。

私だってそう思う。それが正しい。でも、だったら何で私は、こんなに重苦しい想いを抱えていなきゃいけないんだ？　ああ、本当に面倒くさい。

「私は、間違ってなんかいなかった。後悔なんかしていない。感情を殺し、罪悪感を捩《ね》じ伏《ふ》せ、仕事を全うした。紛れもない『英雄』だよ。――でもっ、でもさぁ、私のやった事はどう言い繕っても虐殺でしかないんだよ」

「違います、貴女のせいなんかじゃありません‼　全てはそれを願った私の責任です‼」

レイチェルが悲痛な声で叫ぶ。

「『やれ』と言ったのはレイチェルだけど、『やる』と決めたのは私だよ。──でも、恐怖を回避するにはあまりにもやりすぎた。……それでも私がやったことなんだ。私の責任だ」

甘言《かんげん》で操るならいざ知らず、私はこの手で直接、彼らの命を絶った。

誰も私を責めたりなんかしない。そんな事は分かっている。

でも、いくらそう言い聞かせても、この胸にこびり付く罪悪感は消えない。贖罪《しょくざい》の機会すら与えられない。いっそ口汚く責められた方が楽なのに。ああ、反吐《へど》が出る。

そもそも誰に許してほしいのかすら、自分自身分かっていないし、誰に謝ればいいのかも分からない。

魔族でないことだけは確かだろうけど、その系譜である半魔族に謝るのも、何だか違う気がする。

どう考えたところで、悪循環でしかなかった。

「どうして何も相談してくれなかったんですか？」

レイチェルが涙を溜めて、私に詰め寄る。いかにも、私の事が心配です、と言いたげに。

……その聖人面《づら》が、何時になく癪《しゃく》にさわった。じわり、と仄暗《ほのぐら》い感情がせり上がっていく。あ
あ、もう何も考えたくなんてないのに。

何もかもが嫌だった。捨てた感情を掘り起こされるのも、自分の内面と向き合うのも、もう全部うんざりだ。

——その行動は、突発的なものだった。

ひゅん、とレイチェルの横をグラスが通り過ぎる。続いて、ガシャンとガラスが割れる音が響いた。レイチェルが驚いたように私を見た。ああ、気分が悪い。

「いい加減にしてよ。私にどうしろっていうわけ？　相談したらレイチェルが助けてくれたの？　私を？　——それこそ無理な相談だよ。……それに、レイチェルだって似たようなものでしょ？」

私がそう言うと、レイチェルは一瞬、動揺したような仕草をみせた。

「……何のことですか？」

あくまでもしらを切るつもりらしい。

「『神殺しの巫子《みこ》』。女神と呼ばれる前は、そう呼ばれていたんだって？」

「ッ、それはっ」

——邪神を討伐した女巫子。レーヴェンに巣くいし堕《お》ちた神を倒した英雄。歴史書の記述にはそう書かれていた。でもそれは言ってしまえば、邪魔な奴を殺しただけだ。それが何で『救済』の名を冠しているのかは、それこそ神のみぞ知る、というやつなのだろうか。

レイチェルを神と認定した上位の『神』とやらがいるらしいが、そいつらは基本的に下位存在——つまり人間に対して接触を図ることはまずない。

そいつの意図は分からないが、大層な皮肉屋だということは確かだ。

「暇な時はずっと本を読んでたからね。それくらいは簡単に調べられたよ。ははっ、虐殺の勇者には似合いの共犯者だよね。……結局さぁ、どう言い繕ったって私達は罪人なんだから『誰かと一緒にいたい』なんて思うべきじゃないんだ」

「……そんなことは」

レイチェルが、泣きそうな顔で言う。

「いいんだよ。私はこの城で一人きりで寂しく死んでいくのがお似合いだよ。誰かに使われて生きていくよりはずっとマシだろうし」

信頼して裏切られるくらいならば、最初から何も信じない。いくら強がっても、私の心はもう限界なのだ。

――ユーグのことは結構好きだった。だからこそ、好きなうちに別れておきたかった。嫌いになんて、なりたくないから。

それが、弱虫で臆病な私ができる唯一のことだったから。

「――あれ？」

ちりっ、と肌が泡立つ感覚があった。何かが結界を抜け、国境を越えたらしい。

尋常じゃない速度で、真っ直ぐ城塞に向かって走ってくる。

獣か、それとも誰かの使い魔か。まぁ何にせよ――。

「――侵入者だ。少し出てくる」

「……あっ、待っ」

そう言って私は、レイチェルの返事を待たずに転移の魔術を開始した。

『また逃げるのかい？』

頭の中で誰かが、嘲笑《あざわら》うようにそう問いかける。

――そうだよ、その通りだ。私はいつだって逃げてばっかりだ。

結局私は、《勇気ある者《ゆうしゃ》》ではいられなかったのだから。

## 八．だからこそ、誰もが理解しようと努力するのです

転移した場所は大きく開けた草原で、夕焼けが辺りを赤く染めあげていた。

相手のスピードから見て、あと数分で此処に辿りつくだろう。

ろくに人の手が入っていないこの国は、自然が豊かで綺麗な場所が多い。この草原もその内の一つに入る。

――あぁ、前に三人で此処に来たな。たしか流れ星を見に来たんだっけ。

まだひと月程しか経っていないのに、随分と昔のことのように思う。

あの時は夜だったから景色はろくに見えなかったけど、こうして夕日に照らされる様を見るとまた違った新鮮さがある。

でも何故だろうか。何処か物悲しい気分にさせられるのは。

……やはり先ほどレイチェルとあんな話をしたのがいけなかった。

もう終わってしまったことなんて、いくら思い返してもどうしようもないというのに。

それにしても、感情に任せて色々なことを言いすぎた。私らしくもない。

……あんなこと、話すつもりなんてなかったのに。最悪だ。

子供みたいに当たり散らして、挙句の果てに理由をつけて逃げ出して、こうやって一人で馬鹿みたいに後悔している。なんて情けないざまだ。自己嫌悪で喚きだしたくなる。

……どうしていつも私は上手くやれないんだろう。レイチェルに当たっても、どうしようもないのに。

気遣ってもらってるのは分かってる。でも、心の柔《やわ》い部分に踏み込まれるのは耐えきれなかった。今の私にとって、自分と向き合うことほどつらいことはない。何もかもを受け止めて生きていくためには、もう少しだけ時間がほしい。だってまだ私は、何も乗り越えられてなんかないのだから。

苦い気持ちを押し殺しながら、私は呻《うめ》く。大きな棘《とげ》が刺さったかのように、胸が痛かった。

——止《よ》そう。今は侵入者への対応が先だ。

頭を振って、気配がする方に向きなおる。

狼《おおかみ》や猪如《ごと》きは私の敵にもならないが、残念なことに今の私は機嫌が悪い。正直、まともな手加減ができる自信がなかった。

すぅ、と息を吸い込み、感覚を尖らせる。たとえ何が来ても対応できるように、迎撃の構えを取りながら。

——そろそろか。

徐々に森の奥から何かの走る音と、葉擦れの音が大きくなっていく。

草原の先の森から現れたもの、それは、泥や木の葉で薄汚れた、幼い少年だった。

私は彼の事を知っていた。忘れられるわけがなかった。

——嘘だ。

——そんなこと、あるわけがない……。

茫然《ぼうぜん》として、彼の名を呟く。

「ユーグ？」

「っ、魔王様‼」

私を視認したユーグが息も絶え絶えに駆け寄ってくる。私は動けない。――動かなくちゃいけないのに。

駄目だ。――信用したら駄目なんだ。

友好的だと思っていた相手に、笑いながらナイフを突きつけられるなんていつものことだったろう？

友好的だと思っていた侍女が、私の事を化け物だと蔭で笑うのだって日常茶飯事《にちじょうさはんじ》だった。

出される食事にすら、予《あらかじ》め解毒の魔術を掛けなければ、不安で口にすることなんてできなかった。

――忘れるな。この世界に私の居場所なんて無い。それに私には、この子の手を取る資格なんてないのだから。

――だから、魔王になろうと決めたのに。

……そう思うのに、私は動けない。動けない。動かない。

目の前まで迫った彼の伸ばされた両手を――私は黙って受け入れた。

幼い子供の両腕が、しっかりと私の腰に回される。しがみ付くかのように必死の様子で。

突然のことに頭が混乱してどうすればいいか分からない。あぁ、戦いの中ですらこんなに思考がグチャグチャになったことなんてなかったのに。

彼の姿をよく見てみれば、服は泥だらけで所々に切り傷がある。剣の傷ではないようなので恐らくは木の枝にでも引っかけたのだろう。

……それほどまでに急いで此処に来たのか。子供の足で、隠れ里からここまでの道のりは、どれほどの時間が掛かったのだろう。一日や二日じゃ足りない筈なのに。

ユーグが頭を私のお腹に押し付けたまま、泣きそうな声で話し出した。

「ごめんなさいっ。でも、僕、ここに居たいです。魔王様と女神様とここに居たいんです‼」

「ゆ、ユーグ、あの」

私とレイチェルと一緒に？　本当に？

まるで意地でも放さないとでも言いたげに、ギュッと両手にまわす力が強くなった。

「わ、我儘《わがまま》を言っているのは分かってます。でも、だって――初めてだったから」

私のお腹付近に顔を押し付けて、ユーグが絞り出すように言う。

「魔王様だけが僕を化け物として扱わなかった。僕と真っ直ぐ目を合わせてくれた。頭を撫でてくれた。手を繋いでくれた。抱き上げてくれた。笑い方を教えてくれた。泣いている時に慰めてくれた。生きていてもいいと言ってくれた。全部、魔王様がくれました。――生きていて幸せだと思ったのは、初めてなんです」

……こんな風に思われていたなんて考えもしなかった。

私はただ、可哀想な少年に親切にしてあげた。それくらいにしか思ってなかったのだ。

この幼い少年が今までどんな扱いをされていたのか、私は何となく知っている。でもそれは知っているだけで『理解』していたわけではないのだ。

だからその過去が彼の心にどんな傷跡を残していたかなんて、私には分からなかった。

――最初は全部、負い目からくる同情だったと思う。

だからいくらでも気安く優しくできたし、気遣ってやれた。それには理解してやれないことへの罪悪感も多少はあったかもしれない。

だからこそ突き放した。私の心の平穏のために。そして、彼自身のために。


――だって、私みたいな化け物に、誰かを幸せにできる筈がないから。


「……君はただ運が悪かっただけだ。普通の世界だったら、それは当たり前のことなんだよ。現に隠れ里の住人は、皆優しくしてくれたでしょう？」

「はい、皆いい人ばかりでした。暮らしだって前に比べたら比べ物にならないくらい平和でした。でも、あそこには、貴女が居ないんです」

「……それは、」

「僕は魔王様達が一緒じゃないと嫌です。嫌なんです。ごめんなさい、我儘を言って。でも、それでも僕は、」

――一緒にいたいんです、と彼が涙声で告げる。

――これは、刷り込みだ。漠然とそう思った。最悪な状態の時に私が優しくしてしまったから、一時的な依存対象として見られているだけだ。

本当に彼のためを思うならば、保護した獣を野に返すのと同様に、ここで厳しく突き放さなければならない。それなのに――嬉しいと思ってしまうのだから、本当に私も救えない。

「小間使いでも、何でもします‼　だから――」

私は行き場のなかった右手を、そっと彼の頭にのせた。

その頭に付着した泥を払い、その灰色の髪を、壊れ物を触るかのようにゆっくりと撫でる。

やった事を後悔なんてしていないけど、私はこれから先ずっと『罪悪感』という化け物と戦わなくてはいけない。

――贖罪の代わり、だなんて言うつもりはない。

少しだけ、勇気を出そう。弱い自分と向き合えるように。

「此処にいても楽しいことなんて何もないよ。そもそも娯楽もないし。何より、友達だってできないんだよ？　それでもいいの？」

私の呆れたような言葉に対し、ユーグはふるふるとその小さな頭を振った。

「魔王様達が一緒だから。だから、大丈夫です」

その白い頬に涙を伝わせながら、ユーグは綺麗に笑って見せる。私は思わず空いている左手で顔を覆い、天を仰いだ。

――あー、もう。こんなの初めから勝ち目なんてないじゃないか……私の負けだよ。

「なら、まずはその汚れをどうにかしなきゃね」

「‼　それって」

何かを言いかけたユーグの唇の前にそっと人差し指をさしだし、その言葉を遮る。

何というか、ここは私がちゃんと言わなくちゃ駄目だろう。

「――お帰り、ユーグ」

私のその言葉に、ユーグは一度だけ大きく頷くと、はいと小さな声で答えて再び泣き出した。

◆

城に帰った後、私は真っ先にレイチェルに頭を下げた。

「――ごめんなさい。言いすぎました」

「……いえ、何も察することのできなかった、私が悪いのです」

そう言って、レイチェルはそっと自身の手を私の頭に添えた。触られている感触はもちろんない。

「こうやって、喧嘩するのも初めてですよね」

「……そうだね」

思えば、これまで真の意味で本音を語ったことなんてなかった。きっと、たぶん私は――レイチェルだけには嫌われたくなかったんだと思う。レイチェルにだけは、ずっと私の側にいてほしかったから。だって彼女がいなくなったら、私は本当に一人になってしまうから。

「私……その、レイチェルのこと、嫌いじゃないよ」

「あら――私はあなたのことが大好きですよ？」

レイチェルはそう言って笑った。その顔が、あまりにも優しげだったので、なんだか泣きそうになった。

――なんだ、結局、私が意地を張っていただけなのか。

そう思うと、少しだけ笑いたくなる。本当に私は昔から成長していないな。

辛いことからは逃げられても、優しいものからは逃げられない。ぬるま湯のように侵食する暖かさは、冷めた心には劇薬だ。でも、氷は必ず融けるものだから。今はまだ火を灯《とも》すには頼りないけれど、いつかは――いつかはきっと、私も暖かい灯になってみたい。私にとってのレイチェルがそうであるように。


魔王と女神。

一人と一柱《ひとはしら》。

行き止まりのその先で、二人ぼっち。

ずっとあのまま、緩《ゆる》やかに朽ちていくのだと諦めていた。

でも、半魔族の少年《ユーグ》と出会い、見える世界が広がった。

――前に進む勇気をもらったから、今度は私が頑張る番だ。


その後、ユーグをレイチェルの前に出すと、彼女は目を見張り、仕方がないなぁとでも言いたげな表情を見せ、一言、「良かったですね」と私に向かって言った。

それが私に対してなのか、ユーグに対してなのかは分からない。

でも、その言葉に頷くことができるくらいには現状を受け入れていた。

――これから先、どうしたいかなんて考えていなかった。一人ならば考える必要もなかったから。

良くも悪くもユーグという存在の誕生で、私の時間は進み始めた。

――停滞していた思考は動き始め、やがて、私は一つの結論に達することになる。

## 九．人の頼み事は簡単に引き受けちゃダメだって、お祖母ちゃんが言ってた気がする

移り変わる状況を物ともせず、自由気ままに生きられたならば、きっとそれは『幸せ』ということになるのだろう。

でも今は、その自由が私を苦しめる。

——本当に今のまま過ごしていていいのかと。このまま変わらずにいていいのかと、心の中から問いかける声が聞こえる。

此処に来てから、やりたいことをして、やりたくないことに蓋《ふた》をしてきた。嫌なことは全部耳を塞《ふさ》いで知らんぷり。

辛いと感じることはなくなったけれど、代わりに心に大きな穴が空いてしまった気がする。

でも、ユーグに会って、私は少しだけ変わったようにも思う。

広くなった世界に、目を向けてみよう。そう思えるようになった。——腐ってばかりいないで、そろそろ未来へ歩きださなくちゃ。

変革を望むならば、まず自分から動かなくてはいけない。

幸いにも私には力がある。できないことなんてほとんどないはずだ。やれるところまでやってみよう。

「実はね、街を作ろうと思うんだ」

「……ずいぶんと急ですね。ついこの前までぼっちでいいと喚いていたというのに、どんな心境の変化があったんですか?」

「あの、その、やっぱりこの前のこと、怒ってる?」

「いえ、別にこの間のことを引きずっているわけではありませんよ? ええ、ありませんとも」

しれっとした顔でレイチェルはそう言い切った。いや、かなり根に持っているだろ、それ……。

自分でもかなり酷いことを言った覚えがあるため、強いことは言えない。

「と、とりあえず! 私もユーグの事で色々と思うところがあったわけだよ、うん」

「へぇ、それで?」

「ユーグを遠ざけたのは、此処が悪影響しか及ぼさないって私が思ってたのが原因なんだけどさ、なんかもういっそのこと、隠れ里の住人をこの国に呼べば全部解決するんじゃない? って思って。都合がいいことに土地は腐るほど余ってるしね。それならみんな安心できるでしょ?」

誰かと共に生きてくのは、たしかに面倒だと思う。でも、それが『生きる』ということなんだろう。なら少しの困難くらい、喜んで立ち向かおう。

それに、彼らは人間に迫害されている身の上だ。

『魔王の国』という絶対的なブランドの下ならば、人間に手出しされることはない。少なくとも私がこの世界で最強でいる限りは。

「……悪くはないですね。その案ならば彼らも快諾してくれるはずです。幸いなことに、この国の食料事情は良好ですし」

「でしょう？」

「でも、それを行うならば、私にも条件があります」

「条件？　別にいいけど何？」

「大した事ではありませんよ。貴女にとってはね。ただ——救済の女神として、黙したままでいるのは忍びないのです」

申し訳なさそうに笑いながら、レイチェルはその『条件』を話し出した。

◆

神聖暦三四六年　文《ふみ》の月　一日
帝国『ベルンシュタイン』の王城の一室において、三か月に一度の定例会議が開かれていた。

円卓の間には、齢《よわい》六十を超え尚《なお》も現役として名高い皇帝とその側近、そして帝都内に駐在している上位貴族たちが机を囲むようにして席についている。窓のない部屋の中で、蝋燭《ろうそく》の火がゆらゆらと揺れていた。

「それにしましても、件《くだん》の『魔王』は今のところまったくと言っていいほど、動きがないようですな」

「それは国境警備隊の意見だろう。あの化け物が城の中で、何をしているか分かる者はおらんのか。おい、王宮魔導師達はどうだ。何か進展はあったか？」

「いやはや、使い魔であの魔王城を偵察しようにも、辿りつく前に始末されてしまうので、我々としましてもお手上げです。……情けない話ですが、術者としての格が違いすぎます」

国内の政治の話もそこそこに、最近の主だった話題は『魔王アンリ』の動向についてだった。

確かにこの五か月の間、魔王に動きは見られない。だが、あの化け物がいつ気まぐれに人類に牙をむくのかは、その時にならねば誰にも分からない。対策しようがないことに頭を悩ますのには、正直なところ、骨が折れる。

根拠がない意見が飛び交う中、止む無しといった風に議長を務める壮年の男が声を発した。

「とにかく、監視はこのまま継続という形でよろしいですな？」

その言葉に、渋々ながらも皆が頷く。

それはそうだろう、前回もこれと同じ結論が出たのだ。無理もない。


「いいんじゃないの？　私に争う気はないから、結局は人件費の無駄にしかならないだろうけど」

そんな何とも言えない空気の中、妙にやる気のない声が部屋に響いた。

突如、円卓の間に響いた女の声に、一同は騒然とする。

動揺が走る中で、皇帝の親衛隊隊長であるその騎士は、瞬時にその声の持ち主を悟った。

──忘れるわけもない。あの五か月前の日、世界を再び混沌《こんとん》へと突き落とした化け物の存在を‼

「──この声は、魔王アンリか⁉　ええい、どこにいる‼　姿を現せ‼」

騎士が剣を抜き、すぐさま皇帝をその背に庇《かば》うと、他の円卓の面々もハッとした様子で次々に剣を抜き、机を背にしてそれを構えた。

「――衛兵‼　早く応援を呼んで来い‼　何としても陛下の身を守るのだ‼」

男が叫ぶ――だが、部屋の外からは反応はおろか足音すら聞こえてこない。

――まさか、魔術で隔離されたのか？

側近の騎士はそう考えたが、男には確かめる術《すべ》がない。

一触即発の空気の中、剣を抜いたまま誰もが動けずにいると、カタンと椅子が引かれる音が部屋に響いた。その発生源に、誰もが目を向ける。

そこには、先程まで皇帝が座っていた椅子に、深々と腰を下ろしている女がいた。

特徴的な漆黒《しっこく》の長い髪に、同色の瞳。この世界では人が持ちえない色の持ち主。

――間違いない。魔王アンリだ。

魔王は年齢の割には幼く見えるその顔に、軽い笑みを湛えながら、右手の指でくるくるとその長い髪を弄《もてあそ》んでいる。

騎士達の殺気だった視線を物ともせず、魔王は机に置いてある茶菓子を手に取り、無造作に食べ始めた。

騎士の男は警戒を緩めずに、剣の切っ先を魔王に向ける。魔王はこちらを一瞥《いちべつ》すると、すぐに興味を失ったように自身の手元の菓子を見つめた。

……非常に腹立たしいことだが、こちらを警戒している様子すらない。

「あ、これ美味しい。帰りに買っていこう。……いいから皆、座ったら？　話し合いの途中だったんでしょ？」

魔王が菓子をつまみながら、何でもない風にそんなことを言う。

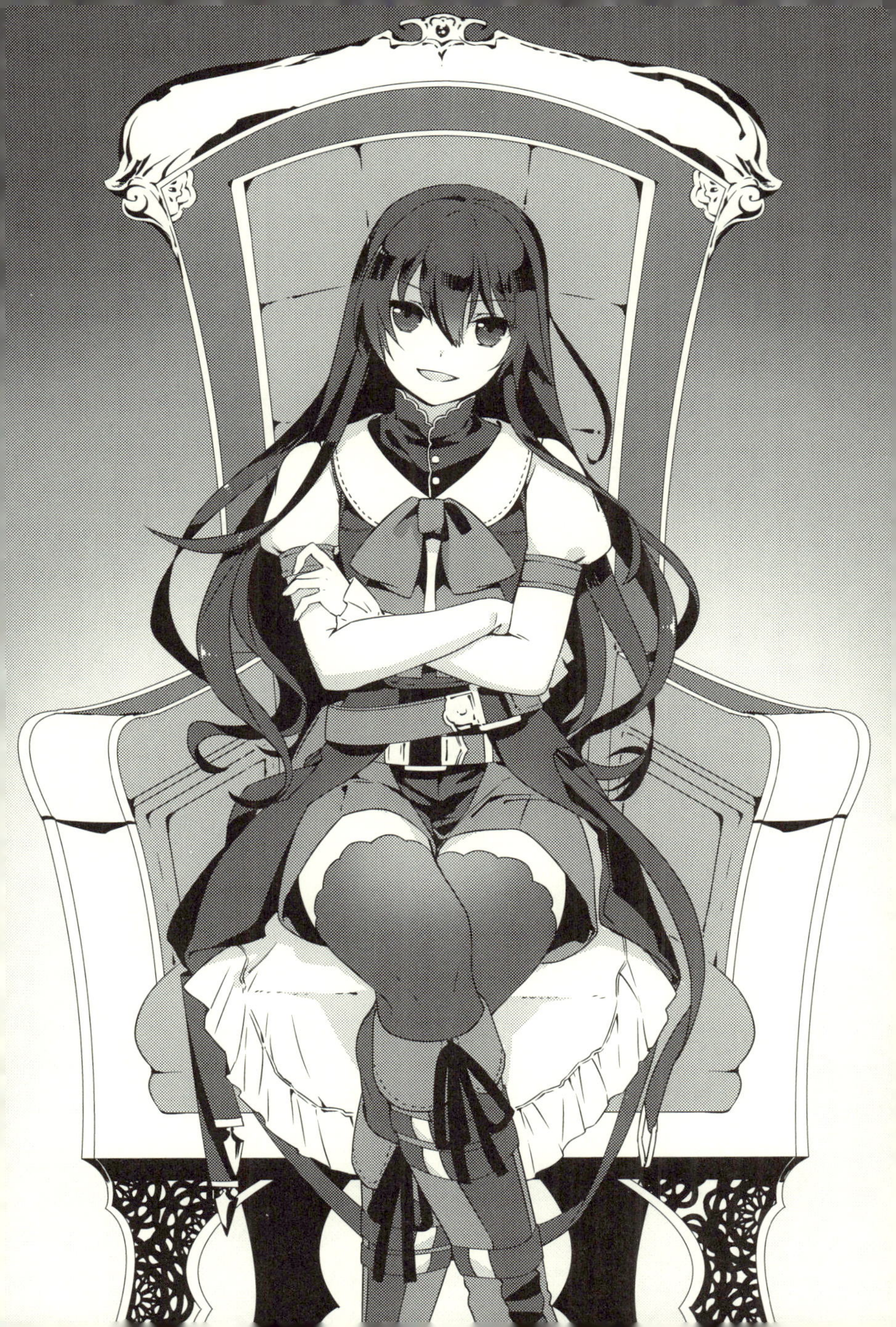

その姿があまりにも自然体過ぎて、かえってこちらの警戒心を煽っているのが分からないのだろか？　いや、恐らく魔王は分かってやっている。

――心の底から、こちらのことを見下しているのだ。

「ふざけた事を抜かすなこの化け物め‼　貴様のようなモノがいて呑気《のんき》に座っていられるわけがないだろう‼」

「何もしないってば。しつこいなぁ。――何度同じことを言わせるわけ？　いいから《座れ》よ。ああそれと、剣もしまってね」

忌々《いまいま》しい、とでも言いたげに魔王はそう言い放った。

――はっ、何を言ってるのか。

騎士の男は、ギリッと剣を握る手に力を込めた。こんな状況で席に着けるわけがない。男はそう思ったが、体は己の意思に反し椅子に近づいていく。

「か、体が勝手にっ。くそっ、魔術か‼」

抗えない力で、体が椅子へと縫いつけられる。

叫ぶことしかできない男を鼻で笑いながら、魔王は事もなげに言った。

「嫌だなぁ。私は《お願い》しただけだよ？　――あぁ、そういえば陛下の椅子がないね。じゃあ、私が隣に新しい椅子を用意するから、陛下は上座に座ってくださいね。可愛い女の子の隣ですよ？　よかったですね‼　……っと、そんなに熱心に見つめないでよ。照れるじゃん。でもまぁ軽口はこの辺りにしておいて、本題に入ろうか。皆、座ってくれたみたいだしね」

後半の台詞《せりふ》は明らかに、今にも飛び掛からん勢いで魔王を睨み付けている、男に対してのものだった。

ギリッ、と男は奥歯を噛みしめた。皇帝が目の前で侮辱を受けているというのに何もできないなんて、何て情けない。そう思いながら。

屈辱に打ち震える彼らを、魔王はスッと一瞥した。

――ああそれと、と魔王が再度、口を開く。

「応援の兵なら来ないから、ゆっくり話ができるよ。だから安心してね」

その言葉に、殺気と疑念が籠《こも》った視線を向けたが、魔王はうっそりと微笑んで見せるばかりで、それ以上の反応がない。

「……皆の者、少しは落ち着くがよい。相手が交戦の意を示していないというのに、その有様では帝国の権威が下がる。――弁《わきま》えよ」

皇帝が苦渋に満ちた表情で、そう、円卓の面々に告げる。

「で、ですが」

不服そうな騎士達を鼻で笑いながら、魔王は目を細めて言う。

「あはは、流石天下の帝国の皇帝陛下だ‼ 随分と胆《きも》が据《す》わっていらっしゃる。どこぞの吠《ほ》えるだけしか脳がない駄犬どもとは格が違うね。尊敬するよ」

魔王は嘲るような笑みを浮かべ、こちらを煽ってくる。

――これに交戦の意思がないだと？ それよりももっと性質《たち》が悪いではないか。

――だが、落ち着かなければならない。陛下にも言われたではないか。ここで言い返したとしても、私などでは言いくるめられるのが関の山だ。

拳《こぶし》を握りしめ、唇が切れるほどに噛みしめながらも、男は口を閉じた。

この魔王が対等に扱うのは、この場ではきっと皇帝以外にいない。今までの態度にそれが表れていた。

「魔王よ。お主《ぬし》とて、茶菓子を貪るためにわざわざ出向いたわけではあるまい？」

まず初めに、そう皇帝が切り出した。

「まあ、そうなりますね。——今日はお願いがあってきたんですよ。聞いてくれます？」

まるで娘が父に首飾りを願うかのような気安さで、魔王はそう言った。

その言葉に、一瞬だが皇帝は狼狽《うろた》えた。何らかの用があることは察していた。だが、こうも簡単に話し出すとは思っていなかったのだ。

無理もない。彼が今まで行ってきたのは国家間の腹の探り合いが主だ。それにだって一応、暗黙のルールがある。だが、この魔王はそのルールが全く通用しない。

だからこそ、長年の経験を持つこの皇帝ですら、魔王の心理を読み取ることはできないでいた。

「……内容にもよるな。とにかく話してみたらどうだ」

——恐らく、聞いてしまえば断れなくなる類《たぐい》の話だろう。だが、話を聞かないというわけにもいかない。だからこそ、皇帝はそう答えることしかできなかった。

そんな皇帝の葛藤《かっとう》も理解できない貴族たちが、その是《ぜ》ともとれる返答に否《いな》を唱える。

「皇帝陛下よ‼　何もそんなに簡単にっ」

その言葉の途中で、皇帝は右手を思いきり机に叩きつけ、

「——黙れっ‼」

鋭い声で一喝する。

その声に、ざわざわと喚きたてていた者達が押し黙った。

いくら還暦を越え衰えたといえ、かつて『侵略王』と呼ばれた皇帝の覇気《はき》は凄《すさ》まじいものがあった。

声を荒げて皇帝は叫ぶ。

「――貴様らこれ以上、我に恥をかかせるつもりか⁉　その口を縫い付けられたくなければ黙っていろ‼」

皇帝のあまりの剣幕に、しん、と静寂がその場を支配する。

そんな中、場違いな拍手が部屋に響き渡った。

言うまでもない。魔王アンリだ。

ケラケラと嬉しそうに笑いながら、魔王は話し出す。

「流石です、陛下。それでこそ、この国を選んだ甲斐《かい》があるというものです」

「――ほう？」

「いや、大した話ではないんですけどね――『半魔族《ハーフブラッド》』っているじゃないですか。あの出来損ないの化け物。

――あれ、私にくれませんか？」

# 十．相手の言葉はしっかり確認しましょう

「『半魔族《ハーフブラッド》』？　そんなモノいったいどうするつもりだ？」

皇帝は怪訝そうに問いかけた。

それもその筈。『半魔族《ハーフブラッド》』など、鎖に繋いでおかなければ何をするか分からない化け物だ。能力にしたって、精々人よりも頑丈ということくらいしか取り柄がない。

この国でも百匹ほど奴隷として飼っているが、実際のところ、大した役には立っていない。単純な肉体労働がいいところだ。

「我が国の慈善事業の一環ですよ。――あんな反乱分子一歩手前の化け物なんて、置いておいても不安になるだけでしょう？　それなら私が責任をもって管理してあげようかと思いまして。貴方達は不穏分子を取り除いた上、この私に恩を売れる。私は頑丈な労働力を手に入れられる。そんなに悪い話じゃないはずですけど」

「あんなモノ、我らならどうとでもなるがな。だが、お主《ぬし》に恩を売れるというのは大きい。――いいだろう。好きにするといい」

皇帝のその言葉に魔王は目を輝かせたかと思うと、子供のように無邪気な様子で喜んでみせた。

「わぁ‼　ありがとうございます‼」

「そうか。それはよかったな」

「ええ本当に。この大陸の盟主といっても過言ではない陛下に相談して、本当に良かったです‼」

その言葉に、騎士の男は何故か引っ掛かりを覚えた。残念なことに皇帝はその違和感に気が付いていない。

……今ここで発言しては処罰されるかもしれない、と男は考えたが、どうしても見逃すことはできなかった。

「待て」

「はい？」

「お前が今話していたのは、この国にいる『半魔族《ハーフブラッド》』の事で相違ないな？」

魔王はその言葉を聞き、わざとらしく顎に手をあてると、きょとんとした顔でこう言った。

「何を言ってるの？　違うに決まってるでしょう。私が言っていたのは、この大陸全土の『半魔族《ハーフブラッド》』のことだよ？」

――最悪の形で予感が当たってしまった。

大人しい少女の姿をしているからとはいえ、気を緩めるべきではなかったのだ。

「――貴様っ、陛下を謀《はか》ったのか‼」

「それはこっちの台詞だよ。勝手に勘違いしたのはそっちでしょ？　――心外だね」

魔王はわざとらしく、拗《す》ねたかのような表情で男を詰る。

くそっ、白々しいにも程がある。カァッと頭に血が上るも、体は動かぬままだった。

――一方、皇帝の表情は硬い。

この国の『半魔族《ハーフブラッド》』だけならともかく、他の国にいる奴らまで集めなければならないとなると、一匹の額は大したことがないとはいえ、数百にも上れば莫大な金額が掛かってくる。

それに大量の『半魔族《ハーフブラッド》』の売買ともなれば軍事行動と取られかねない。

たとえ民間の業者を動かしたとしても、調べればすぐに足がつくだろう。他の国との関係を考えれば、この話は受けるわけにはいかなかった。

――しかし、魔王が直接交渉に来た時点で全ては手遅れだったのだ。

せめて詳しい内容をもっと掘り下げて話していれば、皇帝も落としどころを見つけられたかもしれない。

だが、既に皇帝は魔王に了承の意を伝えてしまっている。

この魔王の狡猾《こうかつ》さに騙《だま》された形とはいえ、その事実は決して小さくはない。

最初から拒否を示すのと、肯定から手のひらを返すのとでは受ける印象が違いすぎる。下手をすればそのことを理由にこの魔王が帝国に攻撃を仕掛けることすら起こりえるのだ。

その場合、他の国から見れば『魔王に攻められる理由を自分達で作った愚かな国』としか見られないだろう。……どう考えても手詰まりだ。

誰もがその絶望的な状況に声を出せずにいた。

無理もない。この場での発言次第で自身の首はおろか、帝国そのものですら危うくなるのだ。下手に口出しできるはずがない。

そんな彼らの様子を黙って見ていた魔王であったが、はぁ、と小さくため息を吐《つ》くと静かにその場に立ち上がった。

「うーん、そうですよね。やっぱりお願いだけじゃ駄目ですよね。――それじゃあ、これでいかがでしょうか？」

魔王はそう言うと、右手を上にあげ、パチンと指を鳴らした。

それと同時に円卓の中央に魔法陣が現れる。咄嗟《とっさ》に机から動こうとしたが、まだ拘束の魔術の効果が切れないのか、縫い付けられたかのように体が動かない。

焦燥にかられ、魔法陣をただ見つめることしかできない自分を、男は心の中で罵《ののし》った。

魔法陣は一度大きく金色に輝いたかと思うと——気が付けば、円卓の上に山を築いて金銀財宝の類が無造作に積まれていた。

見たこともない意匠の金貨、首飾り、杖に宝剣。中には拳大ほどの宝石が付いているものさえある。これだけの量となると、ゆうに国庫の半分には匹敵する。

誰もがその黄金から目を離せないでいた。それだけの魔力が、その財宝にはあったのだから。

——思えば、既にこの時には、勝敗が決していたのだろう。

◆

山積みにされた財宝を凝視する彼らの欲に塗《まみ》れた目を見て、私は賭けに勝ったことを確信した。

この帝国は簡単に説明すると、この大陸一の権力を持ち、他の国を武力で牽制している典型的な侵略国家だ。だが、それ故に発言権は強い。

しかし、近年では政治の腐敗が進んでおり、金を積めば農民ですら貴族になれるといった噂話すら流れる始末だった。

そんな状況だからこそ、上級貴族や一部の官僚は逆に『話が分かる』と言ってもいい。頻繁に贈収賄《ぞうしゅうわい》が繰り返されれば、流石に騎士が動くことになるが、その辺りの見極めは各々の判断次第といったところだろう。

この定例会議に参加している貴族や官僚などは、半数以上が先程言った『話が分かる人』に分類される。

だがしかし、流石の彼らも歴戦の王と名高い皇帝陛下の前では、その性根《しょうね》を晒す勇気はないようだ。財宝から目を離さないが、私の案に賛同する者は一人もいない。

でも、絶対に拒否だけはしないと確信していた。

「私の城にある財宝の一部です。好きに使って下さい。別に此処にいる皆様で山分けしてもいいと思いますよ？　何なら引き渡し時にこれと同じ量を依頼達成のお礼に渡しましょうか？　私はそれでも構わないですけど」

今ある分の財宝を使い切るということはまずない。

隠れ住んでいる者達を除けば、他国にいるのは精々二百人に満たない数だろう。労働力がある男性が金貨三十枚前後なのだから、『半魔族《ハーフブラッド》』はもっと安い。ここにある半分以上が手元に残る計算だ。

さらに、これの倍。それだけの財源が手元に入る。

殆どの人が断るのは惜しいと考えているはずだ。幸いにも彼らは見栄よりも実利を取れる人間だ。だからこそ、この方法は効果的だった。

どうせこれは前魔王の遺産だし、たとえこの十倍の量を渡したとしても、宝物庫の十分の一にも満たない。

これでも足りないと彼らが言うのならば、さらに気前よく上乗せしてやろう。

そして、山分けを仄《ほの》めかすような発言をしておけば、皇帝陛下もこれらを全て総取りというわけにはいかなくなる。そんなことをすれば多かれ少なかれ不満が出るからだ。

もしかしたら、自分たちの帝王は魔王に金銭で買収された、などと言い出す輩《やから》が出てくるかもしれないしね。

「沈黙は了承ととってもよろしいですか？　――では、色々準備もあると思うので、引き渡しは二か月後にしましょう。私の国と、帝国の属国である『アルフォンス』の国境の前に連れてきて下さいね。残りの報酬もその時にお渡しします」

誰も何も言わないならば、言い逃げしてしまえばいい。

それと、もちろん財宝は机に放置したままだ。

このまま財宝を着服され、取引自体『無かったこと』にされる可能性がなくはないが、まともな神経をしているならばそんな選択をするはずがない。

いくら腐敗が進んでいるとはいえ、仮にも国の重鎮なのだ。彼らだって『魔王を敵にまわす』ということの意味が分からないわけではあるまい。

「ああそれと、くれぐれも連れて来る時に暴行を加えるのはやめて下さいね？　年齢と外見は特に問いませんけど、わざと使い物にならなくした奴隷を寄こされると不愉快ですから。

――それでは皆様、またいつかお会いしましょう」

私はその言葉を最後に、恭しく頭を下げた。自分にはこれだけの余裕があるのだと見せつけるように、慇懃《いんぎん》に。

無防備に背中をさらして、ゆっくりとした足取りで扉に向かって歩く。この時、できるだけ余裕そうに見えるように努力した。

見たところ、遠距離向けの武器を持っている者はいなかったし、狙撃されても即死じゃなければ何とかなる。この世界には火薬はあるが、まだ銃は開発されていないし、まぁ大丈夫だろう。

後ろ手に扉を閉め、急いで近場の路地裏に座標を固定し、転移の魔術を使う。追ってこられると面倒だ。

帝国の城下町の薄暗い路地に着いた私は、辺りに人気がないことを確認し、その場にずるずると座り込んだ。石畳が冷たい。服が少し汚れたが、そんなことを構っていられる余裕はなかった。

全身から嫌な汗がバッと吹き出す。

――ああ、緊張した。

両手で顔を覆い、大きくため息を吐く。……手がまだ震えているのが分かる。

ああ、本当に情けない。もっとスマートにことを運べればよかったのに。

私は頭を抱えて、呟いた。

「あー、しんどい」

◆

「つらい、もうやだ、なきたい」

「ど、どうしたんですか魔王様？　──はい、お水をどうぞ」

「ありがとう……」

城に帰ってきた私は、机に突っ伏して頭を抱えていた。

そんな私の様子を尋常ではないと感じたのか、ユーグが心配そうに水を持ってきてくれた。心配して声を掛けてくるユーグの気遣いが今は心苦しい。

「で、首尾はどうでしたか」

憔悴《しょうすい》している私を気に掛ける様子もなく、レイチェルはそう聞いてきた。

……ちょっと前はもっと優しかったような気がするんだけどなぁ。

そう思ったが、前からこんな感じだったかもしれない。記憶は美化されるって言うし。

「上々だよ。全部予定通り。──できれば財宝は使わずに済ませたかったけど、なかなかそう上手くはいかないね」

私が凹《へこ》んでいる理由はユーグに言ってもしょうがないよなぁ、とは思ったが、このまま一人で抱えてるのはあまりにも辛い。

だって、この歳になって『僕の考えた最強にかっこいい魔王様』の演技をするという拷問を女神様に実行させられたのだから。

……でも仕方がないんだ‼　だって魔王がなめられたら終わりなんだよ⁉

もしも御しやすいだなんて思われたら、絶対に此処に侵攻してくるに決まってる。

そのためにもあの演技はこれからも必要なんだけど……ああ嫌だ。本気で嫌だ。引きこもりたい。死にたくなるほど恥ずかしい。

テンションが高い時はそんなに苦でもないけど、親しくもない相手に、ああいった態度をとるのは流石にキツかった。

「いや、二度と使うことはないだろうと思ってた『私が考えたくそ生意気で高圧的な馬鹿っぽい小悪魔的な魔王様』のキャラを完璧に演じなきゃいけなかったのが辛すぎて……。ちょっと調子に乗って煽りすぎたしさぁ。陛下の側にいたあのおっさんなんかマジギレしてたよね、アレ。いくら覚悟はしてたとはいえ、あれはちょっと心が折れるよ……」

芝居がかった台詞を言うのは別に嫌いじゃないけど、正面から罵倒されるのはやっぱり慣れない。

そう呟いた私の言葉に、レイチェルは驚いたように声をあげた。

「えっ、あれは素《す》ではないのですか⁉」

「えっ」

「えっ？」

お互い無言になって見つめ合う。

あ、あれ？　冗談じゃなくて、ガチの反応なの？　え、本当に？

「…………。に、似合ってましたよ？　そこまで気にしなくても良いのでは？」

レイチェルがぎこちない笑みでそういった。どう考えてもトドメである。

……なんかもう、今日は疲れた。

「……今日はもう寝る‼　レイチェルのばかぁ‼　腹黒女神‼」

私はクララのバカっ、もう知らない‼　みたいなノリで部屋を駆け出した。部屋の外から焦ったような声が聞こえたが、無視する。私のライフはもうゼロだ。

アレが素とかどんだけ痛い人なんだよ……。私はそこまで変人じゃない。はず。

そう思って眠りについたわけだが、根が単純な私は、次の日には割とどうでもよくなっていた。

朝方にレイチェルが涙目で謝ってきたのだが、寝起きで何のことか思い出せなかったので、曖昧に笑って誤魔化しておいた。我ながら最低である。

でも、謝るくらいならもうちょっと自重してくれればいいのになぁ。と後から思ったが、変に遠慮されるよりはマシか、と思いなおした。彼女は私にとって数少ない対等とも言える人だから。

# 十一・魔王とは必ず勇者に倒される運命にある

もう薄々分かっているかもしれないが、一応レイチェルの出した条件をここで開示しようと思う。

彼女の要望は極めてシンプル。

『この国で保護するならば、隠れ里の住人だけなどと言わないで、大陸全土の半魔族《ハーフブラッド》を集めて下さい』とのことだった。

簡単そうに言ってくれるが、現実はそう上手くいかない。

隠れ里くらいならば、私が直《じか》に動いて勧誘したとしても国家問題には発展しないが、他国の奴隷になっている半魔族《ハーフブラッド》を連れてくるとなると事が大きくなりすぎる。

それに無理やり連れてくるとなれば、色々と問題が生じる。一人二人ならともかく、何百もの半魔族《ハーフブラッド》が人知れずさらわれたともなれば、真っ先に疑われるのは私だ。

別に変装して各国から買い取りに回ってもいいが、私一人ではどれだけ時間が掛かるか……。

だからこそ、私は帝国にその仕事を押し付けた。私が直接動くより、その方が角が立たないだろうと考えたからだ。

あの国ならば、半魔族《ハーフブラッド》を集め出してもそこまで騒がれないし、今回の場合、いざとなれば『魔王に脅されて仕方なく行った』と言い訳できる。

そう思った私は、唯一切れる外交カード『魔王様の恫喝《おねだり》』を実行することにした。いわば、脅しだ。世の中はいつだって強い者が偉いのだ。

幸いにも帝国は金を積めばそこそこ信用できるし、あちらの面子《メンツ》もあるので今回の件を必要以上に吹聴することはないだろう。

……代わりに莫大な恨みは買ったみたいだけど。悪いのはほぼ私なのだが、それでもいらないから返品したい。

というよりもちゃんと見返りは渡したのだから、ある意味Win-Winだと思ってくれればいいのに。

『魔王が半魔族《ハーフブラッド》を集めている』と発覚した場合のことを話そう。

もしかしたら頑強な軍団でも作るつもりか、と邪推されるかもしれないが、私自身が最強過ぎるため、他の国はそこまで問題視しないと思う。だからこそ帝国も初めは簡単にＯＫを出したわけだし。

彼ら五百人よりも、私が戦った方が速いし強いのだから、正直、軍を作る意味がない。

「この際だから言っておくけど、昨日のアレはあんまり良い手段とは言えないんだよ」

「まぁそうですね……。実際のところ、脅して要望を通しているわけですから」

確かに脅すのも問題なのだが、真の問題点はそこではない。

――『魔王』という外交カードは、本来切るべきではないのだ。

今回はやむを得ないとはいえ、そのカードの多用はある意味、私の命に関わる。

「それもあるけどさ……魔王が力を振りかざしたら、誰だって怖いでしょ？　今は比較的大人しくしてるから見逃されてるけど、やりすぎるとあいつら、私を倒すために新しい勇者を呼びだしかねない」

「それは」

「ないとは言い切れない。『魔王』っていうカードは、私がこの世界で最強だから扱えるんだよ。誰も逆らえないからこそ、勝手な振る舞いが許される。――でも私より強い誰かが現れたら、もう死ぬしかないよね。所詮《しょせん》、この世は弱肉強食。驕《おご》れる人も久しからず、ただ春の夜の夢のごとしってね。今のところはまだセーフみたいだけど、できれば乱用はしたくないなぁ」

目立ったらそれだけで死亡フラグ乱立とかマジないわ。

……もうやっちゃったことに関してはどうしようもないよなぁ。でもまぁ、なるようになるさ。

でも、私の幸運値《リアルラック》って可哀想なほど低いからなぁ……。

「ですが、貴女より適性が高い人なんてそうはいませんよ。ただでさえ次からの召喚は私の手助けが無いわけですし。そこまで心配しなくても大丈夫だと思いますよ?」

「そう祈っておくよ。まだ死ぬわけにはいかないしね」

「ええ、その意気です――それに今度勇者を召喚するにしても、準備が必要ですからね。貴女を呼ぶ時にも五年くらい掛かったんですよ?　それに召喚の触媒《しょくばい》も探さなくてはいけませんし」

「五年?　ずいぶん掛かるんだね。それに触媒って何?　私の時にも使ったの?」

そこら辺の話は全然詳しく聞いた事がなかったので、ちょっと興味がある。

触媒かー、何かかっこいいな。英霊召喚みたいで。

私の興味津々な問いに、レイチェルは自慢げな顔で答えた。

「貴女の時は、私の遺髪を使いました」

「……ごめん。ちょっとガッカリした」

レイチェルの髪かぁ……。別にダメってわけじゃないけど、何ていうかスケールが小さいっていうか……。正直ドラゴンの鱗とか、由緒ある聖剣とか、そういうのを期待してたのに」

「何ですかもう!! いくら歴史が浅かろうと、歴《れっき》とした聖遺物なんですよ!? それをよりにもよってガッカリだなんて……」

「だから、ごめんってば」

「まったく、貴女という人は……。そもそも、異界からの召喚には何らかの『神』の加護が必要なんです。だから触媒に使われる品は総じて聖遺物やその神の所縁《ゆかり》の品になってきます。貴女の時は召喚の場所も相まって私の遺髪になったのですから、文句は言わないで下さい」

レイチェルが憮然《ぶぜん》とした様子で説明を続ける。……これは、予想外に怒ってるな。

「……不甲斐《ふがい》ないことに、それしか用意できなかったという理由もあるんですけど。大きな神殿や国家はともかく、村や小さな教会などはまず所持していることすら誰にも言いませんから」

「何で?」

「奪い取られるからですよ。名のある神の聖遺物一つで小さな国が買えるくらいの価値がありますからね。知られてしまえば一巻の終わりです」

国一つか。それはすごい。私は素直に、感心したように頷いた。

確かにそんなものを、たいして力もない集団が持っているなんて分ったら、普通の感覚だと皆殺しにしても奪い取るな。そりゃ公表できないわけだ。

「でも、世界の危機だったんでしょ? 秘密裏に借りるとかはできなかったわけ?」

私のその疑問に、レイチェルはゆっくりと首を横に振った。

「いいえ。触媒はその成否に拘《かか》わらず、召喚の儀の過程で消滅してしまうんですよ。成功するかどうかも分からないことに、大事な宝物を使ってもいいなんて誰も言いませんから」

……なるほど。その人達は魔王の脅威より、聖遺物を取ったというわけか。

でも、そんな状況で使うことを許可しちゃうレイチェルの神殿っていったい……。

哀れみと同情を孕《はら》んだ目でレイチェルを見る。彼女も結構、苦労してるんだな。

「な、何ですかその目は」

「いや、うん。何でもないよ」

取って付けたように誤魔化す私を、疑わしそうな目で見ながらも、レイチェルは続けた。

「でも、神である私が精神体とはいえ現世に干渉できるのも、触媒のおかげですからね。あながち悪いことだとも言えません」

「……つまり触媒次第では、此処にいるのはレイチェルじゃなかったかもしれないってこと？」

「？　ええ、そうですけど」

その言葉に私は戦慄した。

何てことだ。私は運が悪ければ、筋肉隆々のおっさんに、おはようからお休みまでを見守られていたのかもしれないのだ。いくら神とはいえ、そんなのは恐ろしすぎる。

「ここにいるのがレイチェルで本当に良かった……」

心からの感想である。きっと切実な響きがこもっていたことだろう。

「ふふん。そうでしょうとも。――それで、不安は晴れましたか？」

レイチェルは微笑みながら言った。

確かに先程よりかは心が軽くなっている気がする。……なるほど、そういう意図の会話だったのか。

「まぁね。とにかく後五年は安泰だってことは理解した」

「……どこまでも後ろ向きなんですね、貴女は」

レイチェルが胡乱気《うろんげ》な目で私を見た。

失礼な。後ろ向きではなく慎重だと言ってもらいたい。常に最悪を想定してこそ、最善の選択ができるというものだ。

「でもさ、確かにそう考えると、勇者が呼ばれる確率はかなり低いってことになるね」

「そうですよ。――って、だから心配しなくても大丈夫だとさっきから言ってるじゃないですか‼」

「あはは っ」

そう言ってレイチェルが声を荒げる。その様子を見て、私は小さく笑った。

――本当に、杞憂《きゆう》だといいんだけどね。

◆

「第一回、都市計画会議ー‼」

「…………」

「えっと……」

私のその言葉に、レイチェルは残念なものを見る目で無言を通し、ユーグはどうしたらいいのか分からないといった風におろおろしていた。

……私がちょっとふざけたら、直ぐこれだよ!!

何だよもう、もっと付き合ってくれてもいいのに。

「……はい。誰も乗ってくれませんでしたが、会議に入ろうと思います」

この会議の最初のテーマは『街』に必要な施設のリストアップだ。

因《ちな》みに街の規模に関しては、レイチェルとの事前の話し合いで決定している。

将来を見越して、一万人は生活できる規模の都市を作成するつもりだ。そんなに人口が増えるまで、私が生きていられるかは分からないけど。

「ええと、居住区と商店街と公園と学校と病院は確定として、後は何があればいいのかな?」

言うまでもなく教師や医者などいない。連れてこられる人達の中に、その専門スキル持ちがいることを期待するのはやめた方がいい。理由は言うまでもないだろう。

でも今後のためも考えて、そういったことに使える建物だけは準備しておこうと思う。いつかは使えるだろうし。

そもそも建物を作るとしても、ある程度この世界に即したものにしなければならない。電気関係の設備は駄目だな。この世界だと、まだ電気の概念が解明されてないし。ガスもない上に、私が生きている間は恐らくかまどが現役だろう。いつかは他国の者を招くことになるんだから、それくらいは気にしておかなければ。……本当は派手にやりたい気持ちもあるけど、流石にそれはちょっと気が引けるし。

「大浴場と娯楽施設も欲しいですね。それと食料庫も。最初の方は農作業が主になってくると思いますから、可能ならば簡易の転移施設の作成も視野に入れた方がいいと思いますよ」

「転移施設ね、なるほど。あ、ユーグは何か欲しい物とかある？　言うなら今の内だよ？」

「ぼ、僕ですか？　……えっと」

急に話を振られ、ユーグは慌てて考えだした。

私たちの視点では思いつかないことがあるかもしれない、と考えての質問だったが「何か欲しいお菓子ある？」みたいなノリで聞かれても困るだけだろう。……悪いことをしたな。

ユーグは暫く唸っていたかと思うと、急に何かを思いついたかのように顔を上げて言った。

「その、僕は教会が要ると思います。――女神様の教会が」

女神《レイチェル》様の教会……すっかり頭から抜けていた。

……最近、全然女神らしくなかったからなぁ。忘れてても仕方がないかも。ってこんなこと言ったら流石に怒るか。

「ユーグっ、そんなにも私のことを考えてくれていたのですね‼」

レイチェルは今にも踊りだしそうなほどに感激している。その証拠か、声がいつもより高い。

そんなレイチェルの喜びように、ユーグも照れたかのように笑って見せた。……すっかり忘れていた身としては、その光景にちょっと罪悪感が芽生えなくもない。

「じゃあ、教会の作成は決定っと。――ああそれと、ユーグ」

「？　はい」

「ユーグにはその教会で巫子をしてもらうから。これから勉強もしっかりしなくちゃね。忙しくなるよ」

「……え、ぼ、僕がですか⁉」

私の言葉に、ユーグは見るからに慌てだした。

何をそんなに驚くことがあるのか。ここの主神がレイチェルで、その女神と直接話すことができるのだから当然の結果だろう。せっかく能力があるのだから、使わない方がおしい。

何より、ユーグが引き続きこの城の中に住むつもりならば、他の半魔族《ハーフブラッド》に対し、明確な立ち位置を示さなければならない。だから教会のことはちょうどよかった。

「レイチェルもその方がいいでしょ？」

「ええ。私の声が聞こえる人は貴重ですから。ユーグが引き受けてくれると私も心強いです」

そんなレイチェルの後押しもあってか、責任の重さに困惑していたユーグも恐る恐るといった風に頷いた。

でも、巫子ともなるとそれなりの教育が必要だな。基礎的なことはレイチェルに頑張ってもらおう。私はこれから忙しくなるし。

「あの、魔王様」

「ん？」

「気になったのですが、それだけの建物をたったふた月でどうやって作るのですか？」

ユーグが不安そうに聞いてくる。

確かに地図に書き出した分だけでもかなりの広さと軒数がある。これをこの世界の標準レベルで作成するとなると、ゆうに十年は掛かることだろう。まぁ、私だったら二か月もあれば余裕だけど。

だが、私には他にもとっておきの秘策があるのだ。

「ああ、それは簡単だよ。——私には優秀なサポートがいるからね」

最初は住宅のみで千人ほどの規模に収め、すべて魔術頼りで土地整備やら煉瓦《れんが》の組み立てやらを、突貫工事で行おうと考えていたのだが、それに関してベス君から有難い申し入れがあった。

城の増築権限を一時的に拡大し、私の魔力を使用してそれら全ての工程をベス君が代わりに行う。いわばベス君を私の魔術の外付け装置として扱うのだ。

流石は異世界のハイテクノロジーの塊だ。やる事のスケールが違う。

この方法ならば、私が二か月かけてようやく終わる仕事をたった一週間、それも何十倍もの規模で遂行することができる。

代わりに私がさらに一週間、寝込む羽目になるけど。……ＡＴＭは辛いよね。

でもベス君の力量ならば、私が一から行うよりも、精密で繊細な街が出来上がること間違いなしだ。

ベス君の判断で街にありそうな施設を追加してもいいと言っておいたので、後から作り直すようなことにはならずに済みそうだし。

だが、景観だけはまともな物にしてもらうように何度も説明した。

申し訳ないが、彼のあのセンスだけは受け止められない。でも、それ以外の心配はほとんどしていない。きっと大地震が起きても持ちこたえられるくらいの立派なものが出来上がることだろう。

そんなことを掻《か》い摘《つま》んで説明したのだが、ユーグはあまりのスケールの大きさに理解が追いつかないらしく、始終、頭にはてなを浮かべている。

……いや、うん。これを普通だと思われても困るんだけどね。

――それにしても私とベス君の組み合わせって、ある意味最強だな。

ベス君がいればたいていのことは実現可能になるし。実際、結構いいコンビなんだと思う。たとえ相手には食料としか思われてなかろうとも。

あ、そうだ。何時までも筆談するのも手間だし、今度人形でも持ってきて、それに話してもらおうかな。その方が楽だし。

「ねー、ベス君。ビスクドールとぬいぐるみだったら、どっちがいい？」

特に意味もなく、空中に問いかける。すると、ひらりと一枚の紙が落ちてきた。

『てでぃべあがいい』

そう一言だけ書かれていた。……ていうか、これ以外は許さないってことか。

その後、手作りでテディベアを作成して、ドヤ顔でレイチェルに見せたのだが、事もあろうにあの女神、鼻で笑いやがった。

ユーグに至っては「魔王様の世界の邪神か何かですか？　とっても神秘的ですね」と悪気なく言われた。

わ、私の女子力っていったい……。

でもベス君は優しい子なので、喜んでそのテディベアを自身の憑代《よりしろ》として使用してくれた。

嫌がっている様子もなく、贔屓目《ひいきめ》ではなく、なんだかとても気に入っているように見える。

ちょっと嬉しかった。

## 十二．心の平穏を脅《おびや》かす敵が身内の中にいた件について

「それじゃ、ベス君、後はよろしくね。最高の出来を期待してるからさ」

『わかった。最高のできでいいんだよね？　――がんばる』

両手をパタパタと振りながら、ベス君は答えた。かわいいかもしれない。

若干、舌足らずなところがあるものの、やはりこちらの方が意思疎通しやすい。何故か他の二人には不評だけど。かわいいじゃないか、あのテディベア。

さてと、城の窓から工事の様子でも見学しようかなぁ。

そう考え、窓の方に足を向けた瞬間。

――一瞬にして目の前が真っ暗になった。

◆

ハッと目を覚まし、起き上がる。

何だ、さっきの感覚は。まるで何かを根こそぎ奪われているかのような……そんな感覚だった。

「……あれ？　ここ、私の部屋？」

おかしい。今まで私は大広間にいたはずなのに。

一瞬で此処に移動しただと？　……ベス君の仕業なのかな。

あのタイミングだと、魔力の枯渇しかありえない。……ベス君、加減間違えたのかなぁ。

とりあえずもう一度、大広間に向かってみよう。そう思いベッドから抜け出そうとしたその時、

「──っ、いった。か、関節が動かしづらい？」

本当に何だというんだ。これじゃあまるで、長い間寝ていたみたいじゃ──。

「……まさか」

私は回復魔術を自分にかけた。取りあえず動けるようになるまでは回復したのだが、それでも体のずっしりとした怠さはとれなかった。あえて言うと疲労とかそういう感覚に近い。

何はともあれ、ベス君に詳細を聞かなくてはならない。

「ベス君？　いる？」

『──ますたー、起きたの？　なぁに？』

幼い声が聞こえたかと思うと、枕の横からにゅ、と私作のテディベアが出てきた。

……ノータイムでそれをされると、普通に怖い。

「う、うわっ。びっくりした。もっと普通に出てきてよ……。ああそうだ、ベス君。──予定より大幅に魔力を使用したみたいだけど、いったい何をしたの？　頭がクラクラするんだけど？」

『？　最高のできっていったよね？　うまくできたよ』

「ああそういうことか……それで過剰に魔力を投資したと。なるほど。……でも、次からは一言言ってね。流石に昏倒するほどだと、いろんな意味で危ないからさ」

『うん、わかった。きをつける。──めがみ様のあんないのとちゅうだから、もういくね』

「案内？　街の？」

『そう。だから、じゃあね』

「ちょ、まっ‼　何？　それってもう完成してるってこと？」

――それだと私はいったい、何日寝てたことになるんだよ‼

私の言葉を聞き終える前に、ベス君は枕の下に沈んで消えてしまった。酷い。

……これはもう一度、詳しく話を聞く必要がありそうだ。

取りあえずは一度、大広間に行ってみよう。もしかしたらユーグがいるかもしれないし。


「あ、魔王様⁉　やっと気が付いたんですね⁉」

大広間につくと、私の存在を確認したユーグが目に涙を浮かべて駆け寄ってきた。
・・・
やっとということは、やはりかなりの間、眠っていたのか。

「私は何日くらい眠っていた？　それにレイチェルとベス君はどの辺に行くって言ってた？」

「だいたい二週間くらいです。全く起きる様子がなかったので女神様も心配していたんですよ‼

――ああ、それと女神様とベヒモスさんは、西の居住地区に行くと言ってましたよ。僕も昨日ちょっこっと見たんですけど、なんだか凄すぎてよく分からなかったです……」

――二週間。そんなに眠っていたのか。いや、魔力をギリギリまで吸い取られて昏倒していたと言うべきか。よく死ななかったな。

幸いなことに汗臭さはないから、ベス君が介護のようなことをしてくれたのだろう。

でもよく考えると、それも私の魔力によって賄われているのだから、何というか複雑な気分だ。

マッチポンプじゃん。

「……ユーグ、心配かけてごめんね。ちょっと言いたいことがあるから二人を探してくるよ。留守番よろしくね」

私はユーグの頭を撫でてそう言うと、外に通じる扉に足を向けた。今は、時間が惜しい。別に転移でも良かったのだが、せっかくだから街の外観も見ておこうと思ったからだ。

門に向かって進もうとしたその時、ユーグがきゅ、と服の端を掴んできた。

「ん？　どうしたの？」

「――魔王様、本当に大丈夫ですか？　また倒れたりなんてしませんよね？　……そんなのもう嫌です」

そうユーグは俯いて言った。服の裾を握っている手は、微《かす》かに震えている。

「……ごめん、不安にさせちゃったかな。ちょっと魔力を吸われ過ぎて倒れただけだから、すぐに良くなるよ」

不安げに揺れる尻尾を見つめながら、私はユーグを宥《なだ》めるように背中を擦った。

確かに彼の視点から見れば、私が原因不明の何かによって目覚めないでいたわけだ。それは不安にもなるか。……可哀想なことをしてしまった。

「大丈夫。もう心配ないから」

「……はい」

その後、渋るユーグをなんとか説得し、城の外へ出た。だが、そこで私は思いもよらぬ光景を目にすることになる。

「……何だこれ」

そこに広がっていたのは――見渡す限りの豪奢《ごうしゃ》な都だった。

◆

「――やっと見つけた」

二人はとある住宅の中にいた。どうやらベス君が部屋の設備の説明をしていたところらしい。

「あら？　――あ、よかった。目が覚めたのですね‼　皆心配していたんですよ」

私の零《こぼ》した声に気が付いたのか、レイチェルが振り向いてそう言った。

「心配かけてごめんね。ちょっと怠い以外は割と良好だよ。――それで、これはいったい……」

「聞いて下さいっ‼　この部屋は凄いんですよ。そこの流しなんて、取っ手を捻《ひね》ると綺麗な飲めるお水が出てくるんです！　それに壁についているボタンを押すと、火も魔術も使ってないのに部屋が明るくなるんですよ。凄いでしょう？」

「……へぇ」

「私にはよく理解出来なかったのですが『すいどう』と『でんき』と呼ばれる物らしいです。『でんき』とは雷の元だそうですよ。あの攻撃魔術がどうやったらこんな明かりになるのでしょうか……不思議です」

レイチェルは興奮気味にそう語った。見たことも聞いたこともない技術に触れたならば、それもおかしくはない。城だって似たようなものだけど、あっちに関しては全部魔術の力だと説明してたし。

——だがしかし、これを『良い事』として受け入れていいのだろうか。

私は少しだけ考え込み、ベス君の方へと向き直った。

「ベス君、あのさ」

『なぁに？』

「これはちょっと……やりすぎだと思う」

此処に来るまで辺りを観察して、おかしいとは思ってた。壁とか石畳に刻んでいる装飾がいやに繊細だし、私が言った覚えのない建物が増えてるし。

何よりも、水道電気完備だなんて聞いてない。作るわけにはいかないけど、あったら便利だなとは思っていたが、もしかしてその思考を読み取られたのだろうか？

だがそもそも、彼にその概念があるとは正直思っていなかった。

よく考えてみれば、彼は私の世界ですら解明できない特異な存在なのだ。これぐらいのことならば、むしろできない方がおかしいのかもしれない。

……それにこれは、私のミスでもある。

ベス君に『私に遠慮せずに好きなようにやってくれ』『最高の出来を期待してる』なんて言ったのが間違いなのだ。彼は忠実に私が言ったことを守ってくれただけだ。だからベス君は悪くない。

『なら、作りなおす？　また二週間はかかるけど』

「……いや、いいよ。でも、詳細はきちんと説明してね。そうじゃないと困る」

『うん、わかった』

そんな私たちの会話を聞いて、レイチェルが「何故作り直す必要があるのですか？　こんなに便利なのに」と呟いたが、その便利なことが一番問題なのだ。

何も知らない人から見れば、純粋に賞賛の声しか上がらないだろう。それほどまでに、これらは日々の生活に利便性が高いものだからだ。

でもこれは、これから先この世界が順調に発展していって、その過程でできる発明や概念を踏みにじるような行為ではないか？

何というか『この世界で私の国だけが近代化する』そのこと自体に強い抵抗を感じるとでも言えばいいのか。……だって、私が知識を持ちこんだわけでもないし。

——なんだか凄く狡《ずる》いことをしているような気分になるのだ。見えない誰かに責められているような気もする。

ただの被害妄想なのだろうが、何だか嫌な気分だ。

いっそのことその技術と概念を、大陸中の国に公開してしまえばいいのかもしれないが、結局今の段階では広めるのは不可能に近い。

そもそも他の国に技術提供をしようにも、その概念の基盤ができていないし、施設作成に伴う精密部品すら、今の技術レベルでは製造できないだろう。

……どう考えても、この国だけの秘匿《ひとく》扱いになるんですね。分かります。

「顔が青いですけど大丈夫ですか？　体調が悪いようなら、もう戻った方がいいのでは……」

「大丈夫。ちょっと何とも言えない罪悪感と戦ってるだけだから。そのうち良くなる……と、思いたい」

そして何より、一般レベルの家の設備自体がかなり豪華だった。

ベッドや鏡、台所にトイレ、もちろん風呂は当たり前。

なおかつ上下水道完備、電力による照明設備、そして魔力充填《じゅうてん》タイプのコンロまで。どれも基本的にスイッチ一つで動く代物《しろもの》だ。

……おいおい、ベス君の城とまでは言わないけど、貴族の家だって此処まで便利じゃなかったぞ。

だがしかし、それらはオーバーテクノロジーではあったが、今の時代背景にあわせた外装をしているのでそこまで違和感はない。

何というか、そこはちゃんと忠実に守ってくれたんだな。……というよりも、あの一言がなければ、電子レンジや冷蔵庫が追加されていたかも知れない。危なかった。

だが、違和感はなくとも、これらの道具をこれから此処に来る彼らが使いこなせるかどうかは、また別の問題である。

中世レベルの文明の人々に、どうやって説明するべきだろうか。正直、気が遠くなりそうだ。

……最悪、魔術で頭に利用方法を叩きこむことも視野に入れておこう。

因《ちな》みにこの街を支えられるレベルの水の浄化施設や発電施設は、当然の如くきちんと作られていた。時代を先取りし過ぎだ。具体的に言うと千年くらい。

太陽光発電と火力発電が主だが、この辺りの精度に関しては心配していない。ベス君の仕事だしね。本当に、腹が立つくらいに最高の出来だ。

「——施設の原動力が私の魔力じゃなければね‼」

残念なことに、施設を動かす動力には私の魔力が使われていた。どうりで怠さが抜けないわけだ。

いや、理屈は分かるよ？　あの規模の施設を維持するためには人手か、それに代わるものが必要だから。

流石に城みたいに全てを魔術頼りにすると、私への負担が酷いことになるし、発電施設とかそんなのを作って、負担をちょっとでも減らそうと思ってくれたベス君の気概だけは認めるけどさぁ……。

——でも、でもさぁ……私が死んだらどうするんだよ、この国‼

ハアァ、と大きなため息を吐きながら、私は肩を落とした。

どうやら問題はまだ山積みのようである。

# 十三　神様とは、いついかなる時も尊き存在である

「……説明は、無理だ。諦めよう」

私は早々に匙《さじ》を投げた。どんなにがんばっても無理なものは無理である。

使い方くらいならば、誰でも覚えられる。むしろ固定概念が少ない半魔族《ハーフブラッド》の方が上手く扱えるかもしれない。

だがしかし、その原理の説明まではどう考えても無理だと判断した。

そもそも、その原理に対する「何故、何、どうして？」が、私にすら理解できていないからだ。

ベス君にもサラッと説明を受けたが、正直何を言っているのか分からなかった。私の頭が残念なだけかもしれないが。

便利なことは素晴らしい。だが、得体のしれない物を嬉々として使い続けることができるほど、人は鈍くはない。少なくとも私はそう思っている。

なら、どうやって彼らの不安を解消するのか？

――一つだけ、名案があった。

「すべて女神様《レイチェル》に任せようと思う」

「あの、意味が分からないのですが……」

私が言った台詞の意味を理解できないのか、レイチェルは困り顔でそう言った。むしろさっきの

言葉だけで理解されるほうが怖い。

「大した話じゃないんだよ。……そもそも原理や理論なんて説明する必要はないんだ。今説明しなくても何時か疑問に思った人がベス君に聞きに来ればいいし。では、それまでどうやってあの設備の概念を彼らに受け入れさせるのか？　答えは簡単――そう、宗教だよ」

「しゅ、宗教？」

「うん。何時だって人が人を纏《まと》めるのには、宗教という概念を用いるのが一番だよ。私の世界でもそうやって国を纏めていた実例がある。『神の恩恵』『神の慈悲』言い方はいくらでもあるでしょう？　それにこの方法なら、私が半魔族《ハーフブラッド》をこの国に集めた理由も説明しやすい。『これら全ての物は、女神レイチェルの加護によってもたらされた』とか『半魔族《ハーフブラッド》を哀れに思った女神様が私にお告げをなされた』とか言っておけば、皆納得するよ――救済の女神であるレイチェルならうってつけでしょう？」

熱心に信仰する人が増えれば、レイチェルの力の回復も早まるしね。一石二鳥だ。

……それにレイチェルはきちんと女神として扱われるべきだ。

だって、レイチェルがいなければ、この世界はきっと滅んでいた。だからこそ、もっと尊重されてもいい筈なのに。

でもレイチェルは私を呼んだことで力を失い、それどころか危険分子を呼び寄せたと、王家から嫌厭されてしまった。理不尽にも程がある。

……元々いた神殿も、近いうちに人員を大幅に減らす予定があったらしい。今となっては関係ないけど。

「……でも、私は何もしていないのに。まるで私だけが良い所取りをするような形になっていませんか？　――本当は貴女が賞賛されるべきなのに」

レイチェルが悲痛な面持ちで言う。

「私じゃ、駄目なんだよ」

「え？」

「レイチェルじゃなきゃ駄目なんだ。――この世界を悪の魔の手から救い、人の身でありながら神の位まで上り詰め、その一角を担《にな》っていた救済の化身《けしん》。そしてまた人類の危機を救うために、全てを投げ打って私という『勇者』を呼んだ。それなのに何故、非難されなくてはならない？　……そんなのおかしいよ。絶対におかしい」

私は憮然としながらそう言い切った。正しいことをしたのに、それが評価されないなんて、そんなのはあんまりだ。

「私を呼んだ時にレイチェルは力を失ってしまったけど、その行動の尊さは評価されるべきだと思う。――貴女がそんな優しい女神だったから、私は崩壊を選ばなかったんだよ」

「……そんな」

私が『勇者』であること。レイチェルが『女神』であること。お互いに誰かに押し付けられた役割だった。それでも信念を持って行動してきたつもりだ。

「レーヴェンにあった神殿を捨てて、私と一緒に来てくれた時は嬉しかった。……本当に、嬉しかったんだ。レイチェルの今の一番の信徒はこの私だ。だからこそ、私の功績は全てレイチェルの物だ。だから胸を張れ、私の女神――少しくらい、報われてもいいはずだ」

私のその言葉に、レイチェルは目を見開いたかと思うと、困ったような顔で笑って見せた。

「貴女って人は……本当に、馬鹿ですね」

「ば、馬鹿？　今、結構いいこと言ってたつもりなんだけど、え、なんで貶《けな》されてるの？」

レイチェルにとってはそう見えたかもしれないが、私にとっては心外である。撤回を要求する。

憮然とした私を見てレイチェルはくすりと笑うと、彼女はそっと席を立ち、くるりと私に背を向けた。

「――本当に、大馬鹿者です」

「……………」

私は何も言わなかった。――何も言えなかった。

その声が、震えていたから。

「……詳しい話は、また明日にしよう。おやすみ、レイチェル」

「ええ、――おやすみなさい」


部屋に戻り、ベッドに倒れこむ。

女神《レイチェル》を泣かせてしまった。

……でも、

「いつまでも落ち込んでいられると、悲しい」

レイチェルは私やユーグの前では明るく、時折、尊大に振る舞っている。そう、『女神様』らしく。本当は、力を失い不安で仕方ないはずなのに。

だからちょうどいいと思った。皆がレイチェルのことを大切に思ってくればきっと、力なんて直ぐに戻ってくる。

そうすれば、心から笑ってくれると思ったから。

「……私の女神なんだから、もっと幸せになってもらわないと困る」

上手く言えないけど、レイチェルが悲しそうだとなんだか落ち着かない。まるで母を慕う幼い子供のように、無条件にそう考えてしまう。

何故だろうか、と思い始めたが、何だか急激に眠気が襲ってきた。まだ疲れが抜けていなかったらしい。

——明日、また詳しい話をしなくちゃ。

そう考え、私はゆっくりと眠りに就いた。

◆

深夜、眠りに就いた魔王の部屋に、一つの影があった。

その影の手が、そっと魔王の頬に触れる——触れているように見えた。

窓から入ってきた月明かりが、影を照らす。

美しい金糸の髪に、荘厳な巫子服。

——それは、女神レイチェルだった。

レイチェルは悩んでいた。本当に長い間、ずっと。自身の在り方も、神としての責務も、何もかも。

転機が訪れたのは、あの日。レイチェルが彼女《アンリ》の手を引いた、運命の日だ。

――今なら言える。あの時、彼女に感じた情念は、きっと『期待』だった。

彼女こそ、私が求めていた『盟友』なのだ。互いを尊重しあい、時には助け合い、信頼し、同じ道を歩む。そんな、尊い存在。

レイチェルはずっと一人だった。聖女として祭り上げられた後も、女神になってからも。

そもそも、自分が『女神』だなんて、それこそが間違いなのだ。レイチェルは自嘲する。

『私《レイチェル》』の逸話はいくつも存在しているが、その中でも共通して語られるのは『邪神討伐』の話だ。

その討伐にレイチェルが選ばれたのは、汚れた神域に入ることができるのが、力の強い彼女だけだったから。もしくは術師として優秀だったから。理由なんていくらでもあるけど、あの頃のレイチェルの地位はまだ下っ端の神官で、上の命令に逆らうことができなかったのが大きい。

それでも、誰かを救いたいという気持ちだけは本物だった。それだけは、嘘じゃない。

話の中では、レイチェルが堕《お》ちた神を救済したということになっているが、実際彼女が行ったのは、ただの神殺しに過ぎない。

人間への不信感から人を喰らうようになった蛇神の元へ贄《いけにえ》として赴いたレイチェルは、酒に毒を盛り、動けなくなった神の首を剣で刈り取った。あの時に浴びた血の生温《なまぬる》さは、今でも忘れられない。

——その血のせいで、レイチェルは『神』になった。『神殺し』とは即ち、その神を超えるということ。今思うと、『成り代わり』の条件が満たされていたのだと思う。神代の頃にはよくあった話らしい。

だが、その事実は神殿によって隠匿された——『聖女』にはふさわしくないからと。

そんな自分が今や救済の女神を名乗るだなんて、性質《たち》の悪い冗談だ。

自分が死んだ時、声を聞いた。清廉で、それでいて醜悪で、一度聞いたら忘れられなくなるような、そんな声だった。

『——これからは《救済》の名を名乗るといい。それが君には相応《ふさわ》しい』

その声はそう言った。それが誰だったかなんて、レイチェルには分からない。ただ、自分よりも上位の存在ということだけは分かる。何て皮肉だ、と今は思う。

昔は、名を与えられたからには、それに相応しい行動をしなくてはいけないと躍起になっていた。清廉潔白な女神らしい女神にならなくてはいけないと思い込んでいた。それすら、今は全て裏目に出ている。

……彼女《アンリ》のことは、本当に申し訳ないことをしたと今でも思う。自分なんかに選ばれたばかりに、こんなにも苦しむことになってしまっている。

でも、彼女《アンリ》が初めて魔族をその手に掛けた時、レイチェルは浅ましくも安堵《あんど》してしまったのだ。

ああ——ようやく自分の所まで堕ちてくれたのだと。

清廉な存在である『勇者』が、その手を血に染める。まるで、自身の過去の焼き直しのようだった。

それでも彼女は折れずに、最後まで戦い続けた。その後ろ姿がどんなに頼もしく——どんなに悲し気だったか、レイチェルは言葉で言い表せない。

——本当の名前も教えてもらえない程度の関係のくせに、と思う時もある。

レイチェルは一度たりとも彼女の偽名——アンリという名を口にしたことがない。心の中ではアンリと称しているが、それはそれ以外に呼ぶ名を知らないからだ。もちろん、レイチェルとてこのままでいいとは思っていない。

それでも今まで何も聞けなかったのは、ただ、怖かったからだ。下手なことを言って、拒絶されるのが怖かった。

だって、自分と対等になれる存在なんて何処にもいなかったのだから。

……彼女だけだ。彼女だけがレイチェルと同じ目線でいられる。

これは薄汚い執着心であると、レイチェル自身も分かっていた。でも、もう抜け出せない。

——自分も当の昔にどこか壊れてしまっているのだから。

あぁ、我が友よ。我が最愛なる王よ。貴女に死が訪れるまで、私は共に在りましょう。

「——我が王よ。力なき身とはいえ、私で宜《よろ》しければ力になりましょう」

そうして——女神《レイチェル》はそっと、魔王の右手の甲に口づけた。

◆

帝国からの大量移民までひと月と十日。やらなければいけないことは沢山あった。

まず一つは、隠れ里の住人の勧誘。

大陸全土の隠れ里を探し出すのが少し手間だったが、意外にも私の提案は快く受け入れられた。共に説得に協力してくれたユーグの存在も大きい。子供の言うことは比較的、信じてもらいやすいのもあるしね。

……そこで思わぬ再会を果たしたのは心底驚いたが。かつて命のやり取りをした弓兵が目の前に現れたら普通びっくりするよね。悲鳴は何とか耐えた。もはや意地である。

意識の死角から矢を飛ばしてくる弓兵とか、本当に怖かったなぁ……。ある意味、下手な魔族よりも脅威だったし。しかも、そいつがユーグを隠れ里から私の国まで案内した恩人だというのだから、世間は本当に狭い。

まぁ、そういうやり取りもあってか、幸いにも魔王である私の印象もそこまで悪いものではなかった。魔族達に苦しめられていたのは彼らも一緒だし、何より『魔王』として人類に拒絶の意を示したのが好感触だったらしい。敵の敵は味方というわけだ。

里の責任者に、移民達が来る十日前には街に入ってもらえるように話を通しておいたのだが、そこまで持ち込む荷は多くないそうだ。襲われた時すぐに逃げることができるように、荷は最小限にしているらしい。中には大切な物を捨てなければいけない時もあっただろう。

……きっとこれからは、そんな気苦労はしなくていいはずだ。あの国が、彼らにとって安息の地になればいいと思う。捻《ひね》くれ者な私らしくもないけど、本気でそう思ってるんだ。

さて、湿っぽい話は終わりにしよう。移動方法に関してだが、渡しておいた転移魔法陣の上に乗り呪文を唱える。それだけで移動ができる。

さっそく街に備え付けた転移所が役に立つな。ベス君がそれを見越して広めに作ってくれたし。

話は変わるが、隠れ里では小規模な牧畜をやっている所も多かった。乳牛と鶏、つまり牛乳と卵である。ケーキにシチュー、プリンにクッキー……夢が広がるな。

交渉の末、それらの動物を引き取ることに成功した。個体数が増えたら、牧場を付けて返してあげよう。

これでやっと牛乳を使った料理が食べられる。今まではベス君が調合した『牛乳っぽい何か』を使ってたけど、やっぱり本物のほうがいい。ちょっと楽しみだった。


話し合い自体が思っていたよりも短期間に済んでしまったので、第二の仕事を遂行しようと思う。

それはこの大陸に流通しているお金――イリス硬貨の収集だ。

ちなみに相場は、銅貨二十枚＝銀貨一枚。銀貨十二枚＝金貨1枚となっている。

たしか労働者の賃金は銀貨十二～十八枚（一日）くらい、パンの価格は銀貨四枚（三日分）くらいだったはず。だいたい銀貨一枚が五百円玉に相当すると覚えておけば大丈夫だろう。

何のために、と思うかもしれないが、これはこれで必要なことなのだ。

貨幣制度というのは、国にとっても結構重要なものだったりする。まるで機能していない我が国も、これからは他人事《ひとごと》では済まされない。

移民の後、しばらくの間は食料を無料で供給して、農作業と日用品の生産業務をしてもらう予定だが、それだけではきっと遠くない内に破綻する。人数も少ないし、他の業務をしてくれる人材がいないと困る。

計画としては彼らが城下街での生活に慣れるまでは、三食休憩付きで仕事をさせて、その成果を国に納めてもらう。そして、その労働の対価として、給料を払うというわけだ。その時の給金は彼らの今後の活動資金になる予定だ。家賃とかは暫くは取る予定もないし、好きに使えばいいと思う。でもまぁ食料だけはどうとでもなるので、皆で協力してゆっくり街を作っていければいい。とにかく彼らの生活が落ち着くまでは、その方式で行こう。

仕組みが安定するまではどの仕事も国家経営の方式を取るつもりだけど、きちんと能力に応じて給金を出せば問題ないはず。

この辺りの細かい管理になってくると、正直、私一人では対応できなくなってくる。

管理職や事務職も必要なんだよなぁ。……しばらくはデータを全部ベス君に記録させて、機械的に処理するしかなさそうだ。

……何だか考えただけで眩暈《めまい》がする。どうしよう、なんかもう無理そうな気配がしてきた。これだから行き当たりばったりな行動は嫌なんだ。

そもそも上に立ったことのない人間が、人を纏めること自体が無茶なんじゃないだろうか。

……早めに手伝ってくれる人材を探さなくては。今のままだと、これで正しいのかすら判断がつかないし。

「でも、私が何とかしなくちゃ」

ここで折れてしまったら、きっと私は駄目になってしまう。ただでさえサボり癖があるというのに。

……せめて自分の人生くらいは胸を張れるものでありたい。誰かのためではなく、自分自身のために。

「よし、頑張ろう」

――そして時は流れ、ついに半魔族《ハーフブラッド》の受け渡しの日を迎えた。

# 十四. 夜明けの空は焔《ほのお》のように紅《あか》く輝く

エリザはとある国で生まれ育った半魔族《ハーフブラッド》の孤児だ。

彼女はこの世界に生まれ落ちてすぐに、教会に併設した孤児院の前に捨てられた。

半魔族《ハーフブラッド》を受け入れている孤児院など、この世界には存在していない。

たとえ孤児院の管理者が受け入れたとしても、周辺住民や国の反発が凄まじいからだ。それどころか、孤児院全体に襲撃を掛けられたとしてもおかしくはない。そんなリスクを背負ってまで、半魔族《ハーフブラッド》を受け入れようなどと思う聖人はいないに等しい。

エリザが幸運だったのは、その身に魔族の特徴がなかったことにつきる。人間の赤子にしか見えなかったからこそ、彼女は何の問題もなく孤児院に受け入れられたのだ。

そして、このご時世に小さな教会が孤児院を経営できたのには、いくつかの理由があった。

此処の教会が作られたのはもう随分と昔のことで、幸いに信徒の数も決して少なくはなかったので、金銭的にはだいぶ余裕があったのだ。

それに加え、この教会で祀《まつ》っている神の加護であったのかは分からないが、何故かこの教会に寄り付く魔族は一人もいなかった。

なので、魔王と魔族達が猛威を振るう中、慎ましいながらも生活ができていたのは本当に運が良かったとしか言いようがない。

そんな平穏と言ってもいい生活の中で、教会の優しいシスターや同じ境遇の子供たちと一緒に彼女は成長していった。

――彼女自身、己が半魔族《ハーフブラッド》だなんて思いもしなかった。

だからこそ、彼女に降りかかった『悲劇』は、彼女の心に大きな傷跡を残すことになる。

そう、あれは今から一年前。魔王討伐の報が大陸中に知れ渡った半年後の出来事だった。

十二歳の誕生日を迎えたエリザは、教会のシスター見習いとして働いていた。

「あら？　――ねぇエリザ、背中にコブができてるけど大丈夫なの？　それに二つも」

そう同室の友人に指摘されたことが始まりだった。

鏡で確認してみると、肩甲骨の間にうずらの卵ほどの大きさのコブが二つ、確かに存在した。

最初は――何処かで知らない内にぶつけたのだろうと、そう考えていた。

だが、そのコブは小さくなるどころか日に日に大きさを増していった。

神父様や年長のシスターに言われ、医者にも診てもらったのだが、このコブが何なのかはわからなかった。その時にはもう赤子の頭ほどの大きさになってしまっていたので、切り取ろうにも出血で死んでしまう可能性があった。

――私はいったいどうなってしまうのだろう。

エリザは酷く怯えていた。

そんなある日。礼拝堂にて祈りを捧げている最中、エリザの背中に鋭い痛みが走った。

――焼けるような痛みの中、彼女は背中のコブが弾けるのを感じた。

「――エ、エリザ、その背中は⁉」

エリザの悲鳴を聞き、駆け付けたシスターが見た物。

それは――エリザの背中から生えた、小さな白い一対の翼だった。

シスターは意識を失ったエリザを教会の奥の部屋に連れて行き、鍵をかけ、神父様に助言を請うた。

シスターと神父は、エリザが半魔族《ハーフブラッド》であることを、言うまでもなく察していた。だからこそ、どうすればいいのか分からなかったのだ。

今まで赤子の頃から一緒だった娘が化け物だったなんて、彼らには受け入れ難かったのだ。

だからと言って、彼らはエリザを殺してしまえるほど非情な人間でもなかった。――その認識が悲劇を引き起こしたのだ。

「――エリザは、神の御使いだ」

「――そうです。何よりもその背の白き翼が御使いの証《あかし》なのです」

彼らはエリザを『神の御使い』として祭り上げることを選んだ。

自己暗示。現実逃避。言い方はいくらでもあった。そうしなければ彼らは正常ではいられなかったのだ。

彼らは化け物と一緒に暮らしていけるほど、寛大な精神を持っていなかった。だがそれでも長年一緒に暮らしたという『情』は捨てきれない。

――良くも悪くも、彼らは善良な人間だったから。エリザを殺すなんて、そんなことは考えられなかったのだ。

それからエリザは、教会の奥の部屋に監禁された。

神父様もシスターも『貴女は神の御使いだから、みだりに外に出すわけにはいかない』と申し訳なさそうに話したが、それが嘘だということくらいエリザにも分かっていた。

それでも彼女は何も言わず、大人しく指示に従った。

自分が半魔族《ハーフブラッド》だということは、背中の異形が証明していたし、何よりここを出たとしても行く当てなんて何処にもなかった。

日に日に大きくなっていく翼は、ゆうに自身の身長を越しており、このまま羽ばたかせれば空だって飛べそうな気がした。

ほんの出来心だったのだと思う。彼女はある新月の夜に、天窓の枠を外して外へ散歩に出かけた。


――何か月ぶりの外は、とても広く感じた。

月がない夜だからこそ、星は瞬《またた》いて美しく輝く。

その光に、もう少しだけ近づいてみたいと彼女は考えてしまった。……間違えて、考えてしまった。

翼をはためかせると、自分で思っていたよりも簡単に宙に浮くことができた。その勢いで空高くまで登っていく。

――空から見た街の景色は、何とも言えない絶景だった。

その美しさと解放感が忘れられず、彼女はたびたび外へと抜け出すようになった。だが、彼女は知らなかった。街で夜に化け物が空を飛んでいると噂になっていたことを。

この噂をシスター達が聞いていたとすれば、きっと彼女を厳しく叱りつけていたはずだ。運が悪かったのは、彼女の所属が俗世と離れた教会であったことだろう。

だからこそ、悲劇は起こってしまった。

ある満月の夜。彼女は幾度目かの空中散歩を楽しんでいた。

——さぁ、そろそろ帰ろうか。

そう思い教会の方に向き直ったその時——一本の矢が彼女の翼を射抜いた。

当然の如く、彼女は落下した。

彼女は翼から感じる凄まじい痛みに耐えながらも、何とか街の郊外にある森に逃げ込んだ。矢が放たれた方向には、大量の兵士たちの姿があったからだ。

——私がシスター達の言いつけを破ったから、こんなことになったんだ。

エリザは暗い森の中でそう考えていた。

もう、外は怖い。教会に帰ったら二度と外になんか出たりしない。そう彼女は心に誓った。

そのままエリザは夜の森で眠れぬ夜を過ごし、人がまだ起きていないであろう早朝にひっそりと教会に向かった。

——帰ったらシスターと神父様に謝ろう。もう二度としないってちゃんと言わなくちゃ。

そうして帰りついた教会で見た物。それは——


「……え？」

轟々《ごうごう》と燃え盛る炎。焼けた肉の臭い。崩れた建物から微かに見えた、誰かの右手。エリザはその場に呆然と立ち尽くした。立ち尽くすことしかできなかった。

――教会が燃えている？　何で？


「おい、いたぞ‼　あいつが例の半魔族《ハーフブラッド》だ、捕まえろ‼」

この時のことをエリザはよく覚えていない。

ただ、兵士達が「あの教会の奴らは化け物を匿《かくま》っていた」「あいつらが死んだのはお前のせいだ」「お前は運がよかっただけだ」などと言っていたことは何となく覚えていた。


それからすぐに首と手足に枷をはめられ、エリザはアルフォンスという国に向けて輸送された。

その荷馬車の中にはエリザの他に何人かの半魔族《ハーフブラッド》がいて、どの人も死人のような目をしていた。

きっと、エリザもそんな感じだったのだろう。

蹲《うずくま》り、膝を抱えて考え込む。

――私のせいで、皆死んでしまった。

本当は私のことなんて怖くて仕方なかった筈なのに、それでも教会においてくれた。優しい人達だった。その恩を、私は仇《あだ》で返したのだ。

そう考えると、涙が止まらなかった。

「う、ううっ。ふぇ、ぇっ」

「……泣くな。泣いても何も変わらない」

そう同じ馬車に乗っていた青年が言った。

「だ、だって。私がいなければ誰も死ななかったっ‼　私のせいで‼」

「なら安心しろ。お前には……いや、俺達にはこれからとんでもない罰が待ってるらしいぜ。それこそ──生まれた事を後悔するくらい壮大な、とか兵士たちが言ってたな。こんだけいたぶってもまだ足りないらしいぜ、人間様は」

青年は皮肉気にそう言った。

彼も体中殴られたような痣《あざ》だらけで、頭には血の滲《にじ》んだ包帯を巻いていた。

特筆すべきはその両手だろうか。肘《ひじ》から指先にかけて、蛇のような鱗に覆われている。

こんなにも至近距離で半魔族《ハーフブラッド》を見るのが初めてだったエリザは、反射的に肩を震わせた。そのエリザの様子を見て、青年は舌打ちをする。

「私達、これからどうなっちゃうの？」

「さあな。それこそ『地獄のような場所』なんじゃねーの。まぁ……」

──どうせろくな目にはあわねぇよ。

彼はそう言うと、もう話は終わりだとでも言いたげに、エリザに背を向けた。

エリザはまた、膝を抱えて涙を流す。

──どうしてこんなことになってしまったんだろう。


──誰か、たすけて。

# 十五．憶測とは事実に至るまでの通過点かもしれない

「はぁ？　焼き討ち？　中に人を残したままでか⁉　——あり得ねぇだろそんなの」

青年——シャルの大声に、エリザはびくりと肩を揺らした。恐る恐る、その問いに頷く。

エリザの肯定の意を見て、彼は引《ひ》き攣《つ》った笑みを浮かべた。

そう。この辺りの国では『身体を燃やす』という行為は『魂の消滅』を意味するとし、何があっても行ってはいけないと言われている。

エリザがいた国では、火刑が一番罪の重い処罰であったが、実際に行われているというのは聞いた事がない。本来は実行ですら、禁忌とされているからだ。

「マジかよ……。生死に関わらず、この辺りの国で最大のタブーだぞ？　それをよりによって教会の人間に？　——いくら半魔族《ハーフブラッド》を匿っていたとはいえ、それはやり過ぎどころのレベルじゃない。狂気の沙汰だ。……そいつら他にも何かやってたんじゃねぇの」

「そ、そんなことない‼　皆いい人達だったもん‼」

シャルの疑いの言葉に思わず大声で否定を返す。

鬱陶《うっとう》しげに睨まれたが、これだけは譲れない。あの人達にはやましいところなんてなかった。神に誓ってそう言える。

「あっそ。——お前が夜な夜な街の住人を虐殺してたとかならその仕打ちも分かるが、そんなわけ

ないだろうしな。……おい、教会の名前は？　それに主神と、教会がいつから建てられていたのかも教えろ」

　シャルが唐突にそう言った。エリザは戸惑いながらも答える。

「み、ミリアム教会。主神は、誕生と再生を司《つかさど》る女神マリアンヌ様だよ。設立は、えっと、千年以上は前だって聞いてる。規模は小さいけど、ずっと昔からあの丘に建っていたって神父様が言ってた」

「へぇ、最大手の神の派閥だな。それも千年の歴史があると来たか。……でもまぁ、お前の件でその教会は破門扱いになるはずだから、教会本部がこの件を調べる可能性も薄い。――なるほど、ずいぶんと都合がいいな」

　シャルはそう言うと、ふむ、と考え込んだ。

「……調べる？　どういうこと？」

　彼の言っている事が分からなくて、頭が混乱する。彼は何か大事なことを知っている。でも、エリザにはそれが何なのか分からない。

　シャルはエリザの方に向き直ると、鎖に繋がれたその両腕を大きく広げて仰々《ぎょうぎょう》しく語りだした。

「これはあくまでも俺の勝手な推論なんだけどな――今回の一件、切っ掛けを作ったのはお前だが、教会の奴らが死んだのはお前のせいじゃない」

「え？」

「噂の大本がお前だっていうのは、恐らく前にお前を診た医者から割れたんだろう。その過程で、教会に監査が入った。――その時に、見つけちまったんだろうよ」

「な、何を？」

「――焼いて証拠を残さないようにするくらい、重大な何かだよ。それ位しか理由付けできない」

――まさか本当にその場の勢いで放火するなんて、よほどの狂人でなければありえないしな。と、呟くように付け加えた。

エリザは茫然《ぼうぜん》とシャルのことを見つめた。自分が話した断片的な情報でそんなことを考えていたなんて。

……あの教会にそんなにも大事なものがあったなんて、何も知らなかった。

「そんなの、私、何も知らない……」

「当たり前だろ。誰が見習い如きにそんな大事なことを話すかよ」

何も知らされていなかったことに落ち込んだエリザに、シャルが呆れたように言う。

「それにお前のその背中のソレが出たのが、つい最近っていうことがまずおかしいんだよ。半魔族《ハーフブラッド》の特殊な身体的特徴は、遅くとも五つまでには出そろう。どうしようもないレベルの優性遺伝だからな。――俺の手もそうだった」

「…………」

「教会の奥深くに安置しているだけで身体に影響を及ぼすほどの宝具……場所を考えれば、聖遺物が妥当か。――ちと、スケールがでか過ぎるな」

「それが聖遺物だったとして、いったい、何に使うの？」

「そりゃあ、大魔術や大掛かりな儀式の触媒だろ。かの勇者の召喚の際も女神の遺髪を使ったって噂だぜ？」

「――召喚？」

「あくまでも憶測だ。でもまぁ、盗み出したのが国の人間であれ、軍に紛れ込んでた邪教徒であれ、ろくな使い方はされないだろうぜ。それか、単に転売のためかもしれないしな」

もうエリザは、何も言うことができない。彼の言うとおり規模が大きすぎるのだ。頭の処理が追いついていない。

「――おい、そんなに考え込むなよ。あくまで、もしもの話だぜ？　ま、俺は結構イイ線いってるとは思うんだけどな」

「それが……」

「ん？」

「それが本当だったら、私はどうすればいいの？」

――どうすればいいのだろう。

教会本部に連絡する？　それともその何かを奪った人間を探す？　どうすれば――彼らの無念を晴らせる？

そんなエリザの様子をみて、シャルは私に向けてにこやかに笑みを作った。

「どうすればいいかって？　……知りたいのか？」

シャルは先ほどよりも、ずっと優しい声音《こわね》でエリザに話しかけてきた。

「教えてくれるの!?」

彼のその申し出に、飛びつくように返事をした。

先程もしもの話とはいえ、恐るべき考察をしてみせたのだ。きっといい案があるに違いない。そう、エリザは思った。

「ああ、いいとも。簡単さ。むしろ簡単すぎて欠伸《あくび》が出るね。いいか？　――馬鹿な事を考えるのは止めて、諦めろ。できる事なんて、それだけしかない」

先程とは打って変わって、冷ややかな視線がエリザを射抜く。

その視線の威圧感に、思わず口から出ようとした非難の言葉がすんでのところで止まった。

「どんだけ温い世界に生きてきたんだお前は。自分の立場が分かってるのか？　厳しいことを言うが、俺達は奴隷だぞ？　これから先、自由意思なんてあるわけねぇだろ。現実を見ろよ」

「……あっ」

「それでもどうにかしたいって思うなら、次の所有者を懐柔でもしてみたらどうだ？　幸い顔も悪くないしな。ま、お前のその貧相な身体でそれができるかどうかは保証しねぇけど」

そう言って、シャルはエリザを見て嘲るように笑った。それを見てエリザは、とても泣きたい気持ちになった。

だが、言い方は酷いが、彼の言っていることはすべて正しい。間違っているのはエリザの方だ。

でも、それでも納得できない。

考えなしだったのは分かってる。自身が無力なのも分かってる。これから先の運命が酷いことだって分かってる。

――でも本当に？

――本当に、私は理解していたの？

――見ないふりをしていただけではないのか？

急に恐ろしくなり、両腕で自身を抱きしめる。

――怖い。怖くてたまらない。

シャルはそんなエリザの様子を見て、呆れたように言った。

「……なんつーか、どうやったらここまで平和ボケしたまま生きてこれるんだろうな」

「…………」

「アルフォンスまではまだ長い。それまでに最低限の覚悟くらい決めておかないと、直ぐに死ぬぞ。まぁ、なんだ。――話くらいなら聞いてやるから」

シャルが頬を掻きながら、ぶっきらぼうにそう言った。

……もしかして、心配してくれてるのだろうか。

「あ、あの」

「……何だよ」

不機嫌そうに彼は私を睨む。その様子に、思わず怯んでしまう。

こんなことを言ったら、また酷いことを言われるんじゃないか。そう思い、口から言葉が出てこない。

――でも、感謝の気持ちはちゃんと伝えなきゃいけないって、シスターが教えてくれたから。

「……ありがとう、シャル」

「――『さん』を付けろよ、ばぁか」

シャルはそう言うと、エリザの頭をガシガシ撫でた。

髪が絡まって痛かったけど、心は何だか温かくなった。

彼は相変わらず、こちらを見ようとしない。でも、エリザは気が付いてしまった。

「耳、赤いよ」

「うるせぇ黙れチビ。……慣れてねぇんだよ、こういうの」

エリザは笑って、彼は笑わなかった。


この時の彼らは何も知らなかった。

彼らが最後に行きつく場所も、半魔族《ハーフブラッド》を集めている人のことも、そして何より——彼らの運命そのものも。

## 十六. 魔王様は高い所がお好き

馬車に揺られて、半月近くが過ぎた。

アルフォンスに着いてからは、何日か物置のような場所で寝起きさせられ、時には兵からの体罰もあったが、エリザやシャルが思っていたよりも、ずっとマシな対応だった。

食事も一日二食、少ないながらもしっかり出たし、熱が出ている人がいる時は、薬を持ってきてくれたこともあった。

ただ、それは決して親切心からくる行為ではなく、あくまでも事務的な対応だったけれど。

物置のような場所から出され、徒歩で一日。広大な草原をただひたすら歩いた。

踏み固められた道ではあったが、休憩が一度しかなかったので、エリザにとってはそれなりに過酷な道程であった。

その過程で何人もの脱落者が出たが、兵士たちはその人達を斬り捨てはせず、無言で馬車に詰め込んでいった。

エリザは少しだけ羨《うらや》ましいと感じたけど、自分はまだ歩ける。それなら他の人に譲ってあげた方がいいだろう。

ふと、エリザは隣にいるシャルを見た。――その顔は、異常なほどに青い。

「アルフォンスの、隣? そこってまさか……。いや、そんなはず……」

彼は心ここに在らず、といった風にぶつぶつと独り言を言っている。どうしたのだろう？

「シャル？　どうしたの？　大丈夫？」

「……あ、ああ、エリザか。何でもない。ただ」

――思っていたよりも、事態はヤバいらしい。

そう言ったきり、シャルは何も話さなかった。

そうして歩き続けた彼らは、やがて大きな森の前に着いた。森の前には木でできた高い柵《さく》が設けられており、とてもじゃないが人が通ることはできない。

彼らを先導していた兵士が、ここで静かに待っているようにと号令を出している。

――ようやく座れる。そう思ったエリザは、服が汚れるのも厭《いと》わずにしゃがみ込んだ。

その場で待機すること、三時間。その間に第二陣、第三陣の集団が到着し、半魔族《ハーフブラッド》の数は総勢二百を超えるほどの規模になった。

その中には、皮膚が獣の毛で覆われていたり、尻尾が生えていたり、エリザのように羽が生えていたりと、特徴的な人ばかりだった。

そんな彼らを見張るかのように、大勢の兵士たちがこの場を巡回している。

「……半魔族《ハーフブラッド》がいっぱいいる」

「言っておくけど、お前もだからな」

「分かってるもん」

シャルも三時間の休憩の中で、どうやら会話できる程度には回復したらしい。

ただ、彼の目線は森から外れない――まるで、見えない何かを警戒しているかのように。

「おい、お前ら静かにしろ！　――そろそろ時間だ。その場に立ってジッとしているんだ。切り捨てられたくなければ決して動くんじゃないぞ‼」

突如、馬に乗った豪華な軍服を着た男の人が叫んだ。恐らくはこの行軍の責任者だろうと思う。

その声に急いで立ち上がって静止する。――いったい、何が始まるのだろうか。

「いいか、お前たちはこれからとあるお方への献上品となる。五体満足のまま生きていたければ決して逆らうな。――お前たち如きでは相手にならん」

――献上品。

うすうす分かってはいたけど、やっぱり私達は奴隷になるんだ。そう思うと、ジワリ、と目に涙が浮かぶ。

そんなエリザを横目で見て、シャルが眉を顰めた。――何を今さら、とでも言いたげだ。

……だってしょうがないじゃないか。怖いものは怖いのだ。

「なに、心配することはない。貴様らが従順に過ごすのならば、あの方も悪いようにはしないだろう。何せ、――一度は救世の英雄と呼ばれていたのだからな」

軍服の男の人が、強い口調でそう言った。

――でも何故だろうか、その声音がほんの少しだけ優しかったように聞こえたのは。ただの勘違いだろうか？

「へぇ、良いこと言うじゃないか。――褒めてあげるよ」

――突如、透き通った声が聞こえてきた。

きょろきょろと辺りを見渡したが、該当するような人は何処にもいない。

指揮官の人も、狼狽えるかのように辺りを見渡している。

「上だよ、うえ。――察しが悪いなぁ」

また声が聞こえた。エリザは弾かれたように空を見やる。

「おやおや。みんな雁首《がんくび》揃えて阿呆面《あほうづら》とは。まぁ、なんだ――私の顔くらい知っているでしょう?」

空の蒼を背に、長い黒髪を靡かせながら――魔王アンリはそう言った。

地上にいる者達の動揺に目もくれず、彼女は楽しそうに微笑んだ。

◆

悠然《ゆうぜん》と微笑む魔王に対する反応は様々だった。

「魔王様?」「なんで?」「此処ってアンリ様の国の前だったのか」「どうするんだよ、このままじゃ殺されるんじゃ……」「いや、アンリ様がそんなことするはずない」「黒のレースか……」「でも地獄ってどういうことだよ。誰か説明しろよ」「おい、誰ださっきの」「さぁ」

思い思いの言葉を発する連中を見て、青年――シャルは隠しもせずに大きく舌打ちをした。

――どいつもこいつも、馬鹿じゃねぇの。

シャルは心の中で毒づく。確かにあの魔王は半年前に人類に宣戦布告をした。

だが、――だからと言って、半魔族《ハーフブラッド》の味方だとは限らない。

考えても見ろ、容赦なく魔族を皆殺しにするような女だ。奴の気まぐれで、何時同じ目に遭わされるか分かったもんじゃない。

「――ちょっと、静かにしようか」

魔王はそう言うと、ふわりと指揮官であろう男の前に舞い降りた。

男は魔王に敬礼の仕草を取ると、恭しく話しかける。

「これはアンリ殿。騎馬の上からですが、失礼いたします」

「いいよ。気にしないで。――久しいね、ヘルマン将軍。あの魔王討伐の時以来かな？　元気にしてた？」

「はい。それはもちろん。アンリ様が魔王を退治して下さったお蔭です」

「まぁ、今では私が魔王だけどね。――でも、アルフォンスの将軍ともあろう人間がそんなことを言うものではないよ。最悪、帝国に消されるよ？」

魔王が皮肉気に笑った。それに対し、指揮官は豪快に笑って見せる。

「ははははっ‼　恩を恩とも思えぬ愚か者共の事など、どうとでもなります。それに、貴方様と臆せず会話できる将など私ぐらいしかおりませんからな。簡単に始末などできますまい」

……なんだアイツ。ずいぶんと魔王と親しげだな。

だがこの会話から察するに、恐らく魔王討伐時代の知り合いということは確かなのだが、それにしては周りの兵達の反応がおかしい。

他の兵達を見ても顔を青くして震えている者ばかりで、どう見てもあの将軍の対応だけが異質だった。

「頼もしいね。できれば君には長生きしてほしいよ。――で、彼らで全部かな？」

「はい、さようでございます。半魔族《ハーフブラッド》、総勢二百四十七名。確かに大陸中からかき集めました」

指揮官の男が言う。

……大陸からだと？　ここの近隣国からだけではなかったのか？

でも確かに、これだけの数の半魔族《ハーフブラッド》ともなれば、大陸規模でしかありえない。

でも、何のために？　何故、あの魔王は俺達を欲した？

シャルはそう疑問に思ったが、判断のためには情報が足りなさすぎた。

それにしても、と指揮官の男は続ける。

「何故、アンリ様は半魔族《ハーフブラッド》を集めようと？　貴女様くらいの魔術師ともなれば、奴隷などいなくとも問題はないでしょうに」

「何故、か。——君は前から私に友好的だったからね。特別に話してあげるよ。……此処だけの話、レイチェルたっての願いでね。断れなくってさ」

魔王の言葉に、指揮官の男は目を見張った。

「——半信半疑でしたが、やはり貴方様にはあの方が見えていたのですね。ならば納得もいきます。かの女神ならば、現状に心を痛めていてもおかしくはないですからな」

そう、指揮官の男は複雑そうな顔をして言った。

それに対し、魔王は黙って頷いてみせる。

彼らが何を言いたいのかいまいち分からないが、今回の一件は魔王自身の意志ではないらしい。

——魔王に命令できるなんて、いったいどんな奴なのだろうか。

そいつのせいで自分達は生死の危機にさらされているのだ。文句の一つも言いたくなる。

「あまり長居しても君に迷惑をかけるだけだからね。そろそろ退散することにするよ。――あ、これが例の品だから。帝国の豚どもに渡しておいてね」

魔王が右手を上げると、大きな布袋が三つ、何もない所から現れた。

――あれが魔王の魔術か。空からの宣戦布告の時から思っていたが、やはり魔王は規格外の魔術師なのだろう。そうシャルは感嘆した。

詠唱無しであそこまで大きなものを転移させることができるなんて、普通の魔術師には不可能だ。

指揮官はその布袋を部下に命じ、馬車に積み込んだ。行きに使った馬車か。なるほど、合理的だ。

「畏《かしこ》まりました。――それではアンリ様。どうか息災で」

「ヘルマン将軍もね。――じゃ、もう行くね」

魔王はそう言うと、ゆっくりとシャル達がいる方へと歩き出した。

集団の先頭から三メートルくらいの所で立ち止まり、魔王は静かに言った。

「もう分かっているだろうけど、君たちは頭の先から足の指に至るまで、全て私の所有物だ。反論は許さない。ここから先は私の命令に服従しろ。――決して、私に迷惑をかけるようなことはするな。それだけは忘れるな」

すっと魔王は表情を消した。

――その静かなる威圧に誰もが口を閉ざした。それはシャルとて例外ではない。

圧倒的なまでの人心掌握《カリスマ》。まさに王としての立ち振る舞いだった。

魔王は黙りこくる半魔族《ハーフブラッド》の様子をみて、満足げに頷いてみせた。

――隣にいたエリザが怯えたように自分の手を握ってきたので、仕方がないから握り返してやった。

どうせここから先は、こんな風に気にかけてやる事もできなくなる。所せん、奴隷なんてそんなものだ。

黙り込む半魔族《ハーフブラッド》を見て、魔王は満足そうに笑った。

「物わかりがいい子は嫌いじゃない。じゃ、行くよ」

魔王はそう言うと、右手を高く上げ、パチンと指を鳴らした。


身体に風を感じたかと思うと、視界が歪んだ。シャルは奇妙な不快感に思わず目を閉じた。

目を開けた瞬間、彼らが見た物は、目を疑うような物ばかりだった。

「……嘘だろ？」

今、立っている場所は、恐らくは城下の広場だろうか。辺りには自分達以外の人影は見えない。

ここから見えるのは聳《そび》え立つ大きな城に、まるで御伽話《おとぎばなし》から抜け出たような整然とした美しい街並み。地面に見える石畳の一つ一つに精巧な模様が入っている。そのどれもが真新しく、キラキラと輝いているかのように見えた。

――こんな技巧を凝らした街、帝国の首都ですらあり得ない。

たかだか半年の間で、誰の力も借りずにこんな豪奢な街を作り上げたっていうのか？　――それこそ頭がおかしいとしか考えられない。

周りの連中も口々に感嘆の声をあげたり、目を擦ったりしている。

中でも、女やまだ小さな子供なんかは見るからに目を輝かせ、風景に見入っている。お気楽な奴らだと、シャルは思った。

……そのお気楽な奴の中に、エリザが入っていたのは言うまでもないが。

――訳が分からない。分からないからこそ、不安だった。こんな街で、俺達にいったい何をしろっていうんだ。どう考えても場違いだろう。

同じことを思う奴が多いのか、猜疑《さいぎ》の視線を魔王に向ける者も決して少なくはない。そんな視線を気にも留めないかのように、彼等に背を向けていた魔王が、くるりと振り返る。

「ようこそ私の国へ。――『ディストピア』は、君達を歓迎するよ」

両手を広げ、まるで宝物を自慢するかのように、魔王が笑った。

――邪気のない、幼い笑顔だった。

# 十七．言葉が足りないのはもはや様式美

「君達に、幾つか言っておくことがある」

魔王は半魔族《ハーフブラッド》達の動揺など、気にも留めないかのように言葉を続けた。

「もしも君達に『帰る場所』があるのならば、私が責任を持って送り届けよう。そして、此処に連れてきたい人達がいるのならば、本人の承諾の下に特別に許可しようと思う。そして最後に――もし大切な人を人質に取られているのなら、すぐに言いなさい。私が何とかしてやる」

「あ、あんたは何を言ってるんだ⁉」

魔王の意味不明な言葉に、ついに耐えきれなくなったのか一人の男が大声で叫んだ。

その意見にはシャルも同じ気持ちだった。あの魔王の言葉はまるで――半魔族《ハーフブラッド》のことを助けてくれるかのような言い方じゃないか。

「言葉の通りだよ。――まぁ、今は理解し難いか」

魔王は困ったかのように腕を組んだ。その仕草が先程までの威圧感のある姿とはどうにも重ならず、違和感を覚える。

こちらの追及の声を魔王は全て聞き流し、やがて何かを納得したかのように頷いて見せた。そして、告げる。

「とりあえず、食事にしよう」

◆

シャルの手には、金属でできたプレートに大皿が一枚、それに水が入っている碗が一つのってい
た。

「何なんだよ、この状況は……」

そう項垂《うなだ》れて、シャルは吐き出すようにつぶやいた。

あの魔王の食事宣言の後、いったいどこに隠れていたのか、ゆうに百人は超える半魔族《ハーフブラッド》の集団
が鍋や食器を持って広場に現れた。

「……おい、あれってまさか隠れ里の連中じゃないか？」

「マジかよ。あの排他的な奴らが魔王に与《くみ》するなんて……」

そんな声がちらほらと聞こえてきた。

——隠れ里。人に追われ、行く場所がなくなった半魔族《ハーフブラッド》が集まってできた小さな村のことだ。

……既に魔王に懐柔されていたなんて。

だが、そんな風に周りを客観的に見られるのはごく一部の者だけで、大半は運ばれてきた食事に
興味津々だった。

……無理もない。此処にいる殆どの連中は奴隷としての生活を送り、まともな食事なんてとった
ことのない奴だっているはずだ。

そんな奴らに、この食欲をそそる香りを無視しろだなんて言えるわけがない。

「はーい、みなさーん‼　食事を配るので此処に一人ずつ並んでくださーい。いっぱいあるので焦らないで下さいねー」

中年の浅黒い肌をした女が、広場中に響き渡る声でそう言った。

その言葉をきき、何人もの半魔族《ハーフブラッド》が我先にと配給所に群がる。その凄まじい勢いに、再度「押さないでくださーい」という間の抜けた声が聞こえてきた。

少し時間が経ち、列が捌《さば》けた頃にエリザと共に並んだ。

プレートや皿を半魔族《ハーフブラッド》の女達が手際よく渡してくる。いやに洗練された動きだった。

既に先にプレートを受け取った連中は、みんな思い思いの場所に座り食事を貪っている。中には再度並びなおす者までいるようだ。

大皿にのっているのは、一般的な家庭料理の類ではあったが、今までの食事から見るとずいぶんと豪勢なものだと感じた。量が多いのもあるが、何より使っている食材の数が多い。

「食べないの？　美味しいよ？」

ちまちまとスプーンを口に運びながら、エリザが不思議そうに問いかけた。

……こいつには警戒心というものがないのか。

だが、周りも何事もなく食べている様子を見ると、薬の類は入っていないらしい。

恐る恐る口に運んでみる。

「……うまい」

何と言うか、今まで食べていたものとは比べ物にならない味だった。

味がしっかりとしていて濃いというのもあるだろうが、何より風味が段違いだ。塩と素材だけではこの味は出ない。

……ということは、胡椒《こしょう》や他の香辛料も使っているのだろうか。

この料理一つに掛かっている金額を想像し、シャルは少し眩暈を覚えた。

「よう、にいさん。調子はどうだい？」

無言で食事を続けていると、シャルはいきなり誰かにそう声を掛けられた。

その男の方を見て、エリザが少し固まる。何事かと思い、シャルはようやく男を見上げた。

男の顔の右半分は人懐っこそうに笑みをつくっているが、もう左半分が問題だった——明らかに虎そのものなのだ。

綺麗に半分に分かれているため、見ようによっては被り物に見えなくもないが、確かに子供には刺激が強いのかもしれない。

「……調子って言われてもな。今はただ混乱してるとしか言えねぇよ」

「ははっ‼　確かにあの魔王様は、説明が下手だからなぁ」

よっと、声をあげ、男はシャルの隣に腰を下ろした。……許可した覚えはないんだが。

「紹介が遅れたな。俺の名前はガルシア。見ての通り隠れ里の住人だ」

「だろうな。その顔じゃあ、人里にはいられねぇだろうし。俺はシャル、こっちがエリザだ」

「エ、エリザです。よろしくお願いします。——その、怖がってごめんなさい」

そうエリザがどもりながらも返した。

人里にいる半魔族《ハーフブラッド》は、ほとんど人と変わらない形状をしている。一部にのみ薄い特徴が出ている程度だ。何故ならば、異形に近い者は奴隷にされる前に、人に殺されることが多いからだ。

だからこそ、今回集められた半魔族《ハーフブラッド》もそこまで特徴がある者は居なかった。

逆に隠れ里の住人はこうした異形を持つものや、特殊な能力を持つものが多い。ある種の住み分けというやつだろう。

「いいって。慣れてるからな」

「で、何か用か？　ただ話しかけに来たってわけじゃないだろ」

「……まぁな」

そう言って男はゆっくりと話し出した。

隠れ里の連中がこの魔王の国に来ることになった経緯。この街のこと。これからのこと。——そして、魔王のあの言葉の真意を。

要するに「お前らのことは責任をもって面倒みてやる」と言いたかったのだ。

どう考えても伝わるわけがない——馬鹿か。とシャルは思った。

どうやら他の隠れ里の連中も、それをこちらに説明して回っているらしい。確かに食事を運ぶだけなら、あれほどの人数は必要ないのだから。

——むしろ食事よりもこちらの説明の方がメインだったのだろう。誰だって、腹が膨れれば寛容にもなる——でも、

「皆で仲良く国を作っていきましょう、ってか？　——あの魔王って馬鹿なのか？」

「おい、口が過ぎるぞ。……本人は女神から神託を受けたと言っていたが、実際はどうだかな。だが、お前が思うほど悪い奴ではないと思うがな。あれは腹芸のできるタイプじゃない」

男はそう言うと、くくくっと何かを思い出すかのように笑った。

「何でそう言い切れるんだよ。あんたも実はもう洗脳されてるんじゃねーの」

「はは、そうかもな――でもほら、あれ見てみろよ」

そう言って、男が指差した方を見てみる。

……おい。

「……何か、魔王が子供に揉みくちゃにされてるんだが。俺の目がおかしいのか？」

「いや、それであってる。あいつらがこの街に来てから、よくああして遊び道具になってるぞ。子供は怖いもの知らずだからな。興味本位で近寄ったら、思っていた以上に本気になって相手をしてくれたもんで、すっかり懐いちまったんだろうな」

「わぁ、すごい。魔術で浮かべてお手玉みたいにしてる。ちょっと楽しそうかも」

エリザがちょっとだけ羨ましそうに言った。

……いや、お前は自前の翼を使えよ。

「本人も結構楽しんでるみたいだしな。――それでも信じられないって言うんだったら、直に魔王と話してみればいい。後で俺が話をつけてやるよ」

「……そんな権限がアンタにあるのか？」

「そりゃあ、俺はこれでも隠れ里の長だったからな。それくらいの融通はきくさ」

シャルはその言葉に納得した。なるほど、どうりで貫禄があるわけだ。

「確かに『魔王』をしている時は不気味かもしれんが、普段はずっとあんな感じだぞ。実際に話してみると、なかなか面白い性格だって分かるさ。お前と合うかは保証できんがね」

そう言って、ガルシアは笑った。……もしも、この話を受ければ魔王との直接のパイプができる。

シャルとしては別にどうでもいいことだが、エリザにとっては重要だろう。

「分かった。近いうちにセッティングしておいてくれ。――おい、エリザ」

「え？　なに？」

「――良かったな。どうにかなるかもしれないぜ、お前の問題」

# 十八．圧迫面接をする奴は性格が悪いと相場が決まっている

魔王城の一室にて、三人の男女がテーブルにつき話をしていた。その誰もが、険しい表情をしている。

「なるほど。教会の放火に、聖遺物強奪の可能性有りか。……どうにも、きな臭いな」

魔王は今にも舌打ちでもしそうなほど、剣呑な雰囲気をにじませてそう言った。

「話は分かった。私の方からも探りを入れてみよう」

「あ、ありがとうございます魔王様‼」

魔王の協力を示す返答に、エリザは興奮気味に礼を言った。

……こうして直で見てみると、双黒《そうこく》なこと以外は普通の少女みたいに見える。それでも、魔王としての威圧感だけは健在だった。

だが、先ほどの子供に遊ばれている姿と、この『魔王』の姿。――どちらが本当の姿なのだろうか？

「……子供の前とじゃ、全然態度が違うんですね」

「ん？　――ああ、先ほどのアレを見ていたのか。あいつら、日に日に遠慮がなくなってきてね……。いったい、私をなんだと思っているんだか」

まったく、と魔王は少し不満そうな声を漏らした。

そう告げた瞬間、氷が溶けたかのように、目に見えて魔王の空気が柔らかくなった。

「そもそも、国境の前で見せた態度の方が演技だからね」

「演技？　あれが？」

むしろあの言動の方がしっくりきていた気がする。指揮官に対する高圧的な態度は、ずいぶんと堂に入っていたようにシャルには見えた。

シャルがそう言うと、魔王は自嘲気味に笑った。

「うん。――『魔王』が下手《したで》に出たら駄目だろう？　隙《すき》はできるだけ見せないようにしないと。せめて最初くらいはしっかりしたところを見せておかないと舐《な》められるからね。……あの状態をずっと続けるのは正直、遠慮したいよ。疲れるし」

やれやれとでも言いたげに、魔王がため息を吐いた。威厳も何もあったもんじゃない。

……あの子供への対応は、半魔族《ハーフブラッド》に対する友好のポーズだとばかり思っていたのに、こっちが素なのか。大丈夫かコイツ。シャルは不満げに魔王を睨みつけた。

「本当にアンタに任せて大丈夫なのか？」

「しゃ、シャル‼」

思わず本音が口から出てしまった。敬語も何もあったもんじゃない。

そのシャルの態度に、エリザがぎょっとした目でこちらを見た。流石のエリザもシャルの態度がまずいことだとは分かっているらしい。

でも、シャルはこの魔王はこの程度のことは気にしないだろうと、なんとなく思っていた。器が大きい事だけは、今までのやり取りで分かっていたから。

それでも、この程度のことで怒るような奴ならば、それはシャルの見込み違いだったというだけだろう。たとえそれで殺されそうになったとしても――まぁ、どうにかなる。シャルはそう高を括《くく》っていた。

当の魔王は何処吹く風で、シャルの言い草など気にも留めていないようだった。

「そこは君達に信じてもらうしかないな。――が、出来る限りは手を尽くすと約束しよう。……私にとっても他人事では済まないようだしね」

「……それでも、今頼れるのは貴方だけですからね。幻滅させないでくださいよ」

「ふっ、手厳しいな。――でも、安心するといいよ」

魔王は笑いながらそう言うと、静かに続けた。

「私の中身がいくら残念な出来とはいえ、義務だけは十全に果たしてみせるさ。――この国は、私の国であり――君達の国でもある。君達がいてこその国なんだ。だからこそ私の命令は絶対だし、その分君たちは私を自由に使ってくれて構わない。あくまでも常識の範囲内でだけどね」

「……何と言うか、ずいぶんと変わってますね。そんなことを言う王なんて何処にもいねぇっスよ」

「いいんだよ。だって私は『魔王』なんだからね。だから何を言ってもいいし、何をしたっていい。文句を言える奴なんて誰もいないんだからさ」

そう言うと、魔王は悪戯《いたずら》っぽくにやりと笑った。なるほど、ガルシアが言った通り、なかなか面白い人物のようだ。

国王としては如何せんまだ頼りきれないところもあるが、この魔王にはそれを補うだけの『力』

がある。……それが絶対である間は、まぁ安泰といったところだろうか。

——まぁ、及第点といった所だな。悪くはない。シャルはそう結論付けた。

「何か分かり次第、連絡を入れよう。——今日はもう休むといい。部屋の割り振りは後でガルシアにでも聞くといいよ。使い方もその際に説明を受ければいい」

「あの、魔王様。話を聞いてくれてありがとうございました。……それに、その、シャルが失礼なこと言ってすいません」

エリザが恐縮したような様子で頭を下げる……魔王自身が気にしてないと言っているのだから、そんなことする必要ないだろうに。

「いいよ別に。この程度で怒るほど、私は狭量ではないからね。——私が怒るとすれば、道理に合わないことをされた時くらいだからさ、そんなに心配することはないよ」

その魔王の言葉に、エリザがほっとしたように息を吐いた。

でも、と魔王は続ける。

「盗み、暴行、詐欺、殺人。これらをした時は話がまた別になるけどね。——その時は残念だけど、お別れだね。少なくとも、この国からは」

真意の見えない笑みで魔王は笑っている。……食えない奴だ。と、シャルは思った。

「分かってますよ、それくらい」

「わ、私もそんなことしません」

シャル達の返答に、魔王は笑って頷いてみせた。

「ありがとう。そう言ってもらえると助かるよ。——力なんてできれば使わないでいられるのが、一番なんだからね」


それからあいさつもそこそこに、二人は城から出た。

門から出ると、男――ガルシアが二人に向かって駆け寄ってきた。

「よう、魔王様はどうだった？」

「何ていうか、変な奴だった」

「うん。やっぱりちょっと怖かったけど、なんだか『王様』って感じはしなかったよ」

エリザがそう言った。

王様らしくはない。確かに言いえて妙ではある。

「普段は全然偉そうにしないからな、あの人は。――だが話してる感じだと、別に頭が悪いわけでもない。冗談の類にも積極的に乗ってくれるし、基本的にイイ人なんだろうよ。……敵に回さない限りはな」

「……まぁ、そうだな」

最後のあの問答だけ、隠しきれないほどの冷酷さが垣間見《かいまみ》られた。

魔王の本質がどうであれ、それがあの魔王の許せない一線なのだろう。それを踏み越えない限りは大抵のことは許される。

そのラインを見定めるのは、こちら次第というわけか。

「普通に暮らしていくなら、何の心配もいらないさ。――ほら、部屋に案内するからついて来いよ」

「ああ」

前を歩くガルシアに、遅れないようについていく。

景色に目を奪われてなかなか前に進まないエリザに焦《じ》れて、シャルは仕方なく彼女の手を掴んで引きずるようにして歩いた。

エリザから不満の声が上がったが、どう考えても悪いのはエリザの方だ。俺は悪くない。シャルはそんなことを思いながら、無言で歩き続けた。

そんな二人の姿を見て、ガルシアは「仲のいい兄妹《きょうだい》だな」と笑った。

「兄妹なんかじゃない。赤の他人だ」

「ははっ。まぁ、血が繋がってないのは見れば分かるさ。でも付き合いは長いんだろう？」

「ううん。まだ会ってから半月くらいしか経ってないよ？」

エリザが首を傾げてそう言った。

……そう言えば、まだそれくらいしか経ってないんだな。何だかんだでずっと一緒にいたので、そう考えると不思議な感じがする。

その言葉に、ガルシアが呆れたように呟く。

「たかだか半月でよくもまあ、こんなに懐かれたもんだ。——そうなると一緒の部屋は拙いか？　中の備品の関係上、一人で住むのはお勧めしづらいんだが……」

「おい、ちょっとまて、何の話だそれは」

シャルはガルシアの言葉を聞いて、目に見えて慌てだした。

これから先もこの天然女の面倒をみなければいけないなんて、冗談ではない。断固として拒否させてもらう。

その後、長い問答の末、最終的にシャルの方が折れることになった。

決め手は「じゃあ、他の奴と同室になってもらうしかないな」という言葉だった。

——他の奴。つまりこの場合は同性だろうが、それでも顔も知らない奴と一緒に住むことになるわけだ。別に人見知りというわけではないが、また一から他人と信頼関係を築くのは非常に面倒くさい。

「……仕方がないか」

なにより、エリザ自身が別に嫌がっていないというのが決め手だった。

……これだから温室育ちは嫌いなんだ。俺の立場を考えろよ。

そうシャルは吐き捨てたが、ガルシアには笑って流された。納得がいかない。

部屋に着いた後、備品の説明に四苦八苦したことは、此処で語るべきことではないだろう。

個室に備え付けてあった寝るのがもったいないくらい綺麗なベッドに、シャルは遠慮なく横たわった。……ここ最近、いろいろなことが起こりすぎた。

——ほんと、これからどうなるんだろうな。

そう思ったが、不思議と心は軽かった。シャルからしてみれば、奴隷として扱き使われると覚悟していたのに、実際はそこらの国の人間より、はるかにまともな生活が待っていたのだ。気が抜けるのも当たり前だった。

あの魔王が信頼できるか否か。それはまだ分からない。だが、時間だけは腐るほどある。

「……見極めるには、まだ早いか」

そうして、シャルは目を閉じた。明日から始まるであろう新生活は良いものであるといい。そう思いながら。

◆

誰もいなくなった部屋の中で、私は背後の空間に向けて声を掛けた。

「レイチェル、いる？」

「ええ、いますよ」

そう言うと、レイチェルはすっと私の横にやってきた。その表情は、暗い。

「さっきの話、どう思う？」

私は先ほどの彼らとの会話を思い出し、苦い気持ちになる。

聖遺物が何者かの手に渡った。しかも、このタイミングで。……嫌な予感しかしない。

「――非常に拙い事態だと思います」

「だよねぇ……」

私は頭を抱えて机に突っ伏した。あーもう、問題ばっかりだよ。

「このタイミングだと、どう考えても『勇者召喚、待ったなし‼』の前振りとしか思えない……」

あの時、無駄にフラグなんか立てるから……。いや、それは関係ないか。

最悪のケースを考えたとして、後五年でこの国を自立させなくてはならなくなった。

私がいなくなった後も何とかやっていけるようにしなくちゃ、折角来てもらった彼らに顔向けができない。

ならば、もう『目立つわけにはいかない』なんて言ってられないな。

「やったねレイチェル。仕事が増えるよ‼　過労死一直線だねっ‼」

たぶん、この時の私は目が死んでいた。テンションだけは徹夜明けのように冴《さ》えわたっていたけど。

「気を確かに持ってください。私達ならきっと頑張れば奇跡を起こせます」

「き、奇跡に頼らなきゃいけないレベルなの⁉」

女神なんだから奇跡の一つくらい簡単に起こしてくれてもいいじゃないか、と言ったら、無言で首を横に振られた。ちぇっ。

まぁ私としても五年は厳しいと思ってるし、実際にどうすればいいか見当もつかない。

――でも、

「やるって決めたんだから、やらなくちゃ。言い訳なんて失敗した後で存分に言えばいい。今は何をすべきか考えることが重要だ」

「……そうですね。貴女の言う通りです」

レイチェルが頷く。

「――さぁて、どうしたものかな」

五年のリミット。魔力問題。法制度。経済。――するべきことも、覚えることも山のようにあった。

……本当に、何でこんなことになったんだか。最初はもっと気楽な暮らしができると思って此処に来たというのに。

でも、今の方が『生きている』という実感がある。死んでいるように生きているくらいなら、必死で生きた方が幾分マシだろう。

そして、私は動き出した――最初の一手を探しに。

神聖暦三四六年　刈《かり》の月　一日。

後の歴史書において『ディストピア』が正式に国として機能し始めたのは、この日からだと書かれることが多い。

この日から数年間の内情は、未だ詳しいことは解明されていないが、その殆どが魔王自らによる行動の結果であったと予測されている。

――と言われていたのだが、先日某所から発見された『城に住んでいた何者かの日記』から、新しい発見があったと速報が――

## 十九．『悩む』という事は青少年の特権である

この国の住人が増えてから、もう既にひと月。小さな問題もいくつかあったりしたが、皆少しずつこの暮らしに適応してきているらしい。

取りあえず今のところは私の仕事は落ち着いていた。国の仕組みや、決まり事。その管理等のことをある程度まとめ、隠れ里の重鎮達との話し合いを経て、ようやく形になってきた。

そもそもコミュニティの運営に関して言えば、彼らの方が先輩なのだ。話を聞かない道理はない。手助けを求めたのも当然の結果だった。

……個人の感情で話をするならば、私は人に頼るのはあまり好きではない。苦手というよりもただ臆病なだけだろう。もし、断られたら。そう思うと気が重くなる。でも、そんなことを言っていられる状況じゃなかった。

私は彼らが協力を承諾してくれないならば、何度だって頭を下げるつもりでいた。それが現実はどうだ。「魔王様がそう言うなら喜んで」と気前よく引き受けてくれた。

私としてはわりと決死の覚悟でのお願いのつもりだったのに、拍子抜けするほどあっさりしていた。だって、あんなに啖呵《たんか》を切ってここに来てもらったのに。非難されるとばかり思っていた。それどころか、是非《ぜひ》手伝わせてくれと詰め寄られたくらいだ。訳が分からない。

でも、助かったのは事実だった。彼らにはいくら感謝してもしきれないと思う。

今はもう秋の中頃になり、収穫すべき作物はほぼ収穫し終わったとみてもいい。

さて、農作業がなくなったら、今度は何をしてもらうべきか。悩むところだ。

この街に必要なものは沢山あるんだろうけど、今のところベス君で何とかなるからなぁ……。

それらを人の手でやろうにも、純粋に人数が足りないし。困ったものだ。

今後のことに少々行き詰まっていた私は、気晴らしのために散歩に出ることにした。勿論、一人である。

ユーグはって？　彼は教会で同年代の子達と勉強している。

私も結構な頻度で遊びに行くんだけど、そこで勉強を教えているベン爺《じい》に「魔王様が来ると勉強になりませんので」と追い出されることの方が多い。

あの言い方じゃ、まるで私が遊んでばかりのアホの子みたいじゃないか。……まぁだいたい合ってるけど。

因みにベン爺の本名はルーベンという。彼はこの国の住人の中で最高齢の人物だ。要職には就いていないが、博識のため、今は教師の真似事をしてもらっている。

身体的な特徴としては、頭に鬼のような尖った二本の角が生えている。小さいのであまり目立たないけど。帽子を被ったらもう普通の老人にしか見えない。

彼は十年ほど前に、ガルシアのいた集落にふらりとやってきたそうだが、詳しい出自までは知らない。

そこはかとなく上品な立ち振る舞いが目立つので、もしかしたら、どこぞの貴族の血を引いていたりするのかもしれない。昔は土地を守るために、自分の娘を魔族に差し出したという話も少なくなかったみたいだし。

……可能性としてはないとはいえないな。まぁ、所詮は想像だけど。

そんな事を考えながら、ぶらぶらと一人、街中を歩く。

当然の如く他の住人は仕事中なので、外には人気はない。うーむ、暇だ。夕飯用に魚でも取りに行こうかなぁ。

そう思っていた矢先、背後から誰かの気配がした。思わず警戒気味に振り返る。

「あれ？　魔王様じゃないですか。どうしたんですか、こんな所で。サボりですか？」

土で汚れた作業着を着たガルシアが、私に話しかけてきた。

そう言えば、今日は西の耕作地に水路を作ると言っていたな。恐らくはその帰りだろう。

それにしても、魔王に対して、サボりかとは失礼な言い草だ。

「確認もしないでサボりと決めつけるのはよくないよ」

「じゃあ、何なんですか？」

「……し、視察かな？」

ガルシアの胡乱気な視線から顔ごと目を逸らした。くっ、何も言い返せない。

そんな私の様子を見て、やれやれとでもいいたげに、彼はため息を吐いた。

「まったく。しっかりして下さいよ、魔王様」

「努力はしてるよ」

努力はね。それが結果に繋がるかどうかは保証できないけど。

「……それにしても、彼——シャルだっけ？　今、どんな感じなの？　確かガルシアの下についてたよね」

「ああ、前よりかはマシですよ。敬語も使おうと思えば使えるようになりましたしね」

「ん、いや、聞きたいのはそこじゃないんだ」

私のその言葉に、ガルシアは辺りを見渡した。そして誰もいないことを確認すると、私にしか聞こえないほどの声量で話し始めた。

「――今のところ、動きはないですね。それに見た限りでは、間諜《スパイ》である可能性はかなり低そうですね」

「あー、やっぱり？　値踏みされてる感覚はあったけど、そこまで不審な点はないし、流石にそれはないかなとは思ってたんだけどね。確かに頭はよさそうだったけど」

――私はあの二人との会見の後、案内を終えたガルシアを待ち伏せ、シャルという青年の監視を命じた。別に言動が気に障った、というわけではない。

ただ――何か違和感があったのだ。

「確かに頭の回転も速いし、学もそれなりにある。だが、性格が向いてませんよ。あれじゃ相手に逆上されるのがオチです。――ありゃただの世間知らずのガキですね。ただ無謀なだけですよ」

「魔王様モードの私に対しても、やけに余裕そうだったもんねぇ。何か隠してるのは確実なんだろうけど、叛意《はんい》がなさそうならもう少し様子見でもいいか。引き続き、監視を頼めるかな？」

実質的に外で作業をする男たちのまとめ役となっているガルシアに、追加仕事を頼むのは少々気が引けるが、まだ私には信頼して仕事を頼める人材が少ない。

その中でも彼は当初より積極的に手伝いを申し出てくれた。正直、本当に助かっている。

「それくらいなら喜んで引き受けますよ。――ただ、魔王様も自分の仕事はしっかりしてくださいね」

「わ、わかってる。大丈夫だよ」

……そうだよね。もっとちゃんと考えなくちゃ。そう思うけれど、これからどうすればいいのか、見当がつかない。

「でも、仕組みとかそんなのは皆が手伝ってくれたお蔭でほぼ完成してるからね。後は公布と考え方を広めることだし、もう殆どやることはないよ。――だから、私にしかできないことを今探してる」

そう、魔王《わたし》にしかできないことを探さなくてはいけない。今の内にできることを。

国境線の外壁工事や街の外に大規模な無人発電所を作ったりなんかは、レイチェルとの話にも出てるんだけど、正直何から始めればいいのか迷う。

「それは沢山ありますよ。――今度また、他の連中と一緒に飯でも食いましょう。その時に話題に出せば、きっといい案が浮かびますよ」

そうガルシアが言った。さらりと入ったフォローに、思わず目を見張る。

……本当に敵わないなぁ。こういった気遣いができる人に私もなりたい。人生経験も、対人能力も、私は圧倒的に欠けている。学生をやっていた頃ならまだしも、勇者時代の二年間はもう暗黒期と言ってもいいくらいのコミュ障っぷりだったのだ。二年のブランクは大きい。

私は少しだけ笑った。自嘲でも苦笑でもなく――ただ自然に出てきたものだった。

「……よろしく頼むよ。私にもできないことは沢山あるからね。手伝ってもらえるのは素直にありがたい。まぁ、最終的には私が隠居できるくらいまで、楽ができると嬉しいんだけど」

「何言ってるんですか、俺よりも年下の癖に。まだまだ前線に立ってもらわなくちゃ困りますよ」

ガルシアが苦笑して言う。やれやれ、まったくもって手厳しい。

……はぁ、どうしたものかな。

ガルシアと別れ、帰路につく。あまり気分転換にはならなかったけど、なんとか先は見えてきた気がする。

「おかえりなさい、魔王様」

城に帰ってすぐに、ユーグと鉢合わせた。ちょうどいま帰ってきたところらしい。

「あ、お帰りユーグ。今日はどうだった？」

「はい、ただいま戻りました‼　――勉強はまだちょっと分からないことが多いですけど、今日も楽しかったです」

「そっか。良かった。――じゃあ夕飯にしようか。今日は採れた野菜でシチューを作ったんだって。見た目はすごく美味しそうだったよ。……牛乳はまだベス君作の謎の液体が代用品だけど」

「えへへ、楽しみですね‼」

そう言って、ユーグは笑った。

その姿を見て、私は少しだけ安心した。失ってしまった日常をもう一度手に入れたような、そんな感覚。

――もう寂しいとは、感じなくなっていた。

◆

城に帰ってきて、まずユーグが最初にすることは、魔王に「ただいま」を言うことだった。朝には「行ってきます」と言い、彼女と女神様が「行ってらっしゃい」と返してくれる。そんな些細《ささい》なことがユーグには嬉しくてしょうがなかった。

——だって、これは自分だけの特権なのだから。

人が沢山増えて、彼女が忙しくなって、ユーグは一人でいることが多くなった。友達は沢山できたけど、やっぱりそれでも寂しさが心の中にはあった。

彼女はユーグに対し、他の誰かとの繋がりを大事にしてほしいと思っていることは、ちゃんと彼にも分かっている。でも、それでもユーグは魔王と女神の三人でいた時の方が幸せだったと、今でも思う。……こんなこと、誰にも言えやしないけど。

教会——むしろ神殿と言ってもいいほど、豪奢な建物——で文字や算数を教わっているけど、説明されてもなかなか理解できない。

でも、彼女が大事なことだと言っているから、投げ出さずに頑張ろうとユーグは思っている。魔王はユーグにとって絶対の存在だった。

彼女は何でもできる。だからユーグがここでできることは殆どない。——それがユーグにとっては歯痒《はがゆ》かった。

「魔王様」

「ん？　何かな？」

「もし僕が立派な巫子になれたら、褒めてくれますか？」

もっと勉強をして、沢山のことを覚えて、女神様言うように巫子としての立ち振る舞いをして、皆から認められたならば。その時は、

——自分はこの人の側にいていいと、胸を張ってもいいだろうか？

きっと、彼女はユーグが挫折したとしても許してくれるだろう——でもそれでは駄目だ。そんな無様をさらして、平気な顔をして隣にいることなんて、ユーグには到底できそうもなかった。

ユーグの問いかけに、彼女は微笑んで「当たり前だよ」と言ってくれた。そして「焦らなくてもいい」とも。その優しさが、ユーグを余計に焦らせる。

——彼女は時々、何処か遠くを見ている。ユーグがいない時に女神様と何か大事な話をしているのも、彼は知っている。

……それが、どうしようもなく不安になる時がある——自分の知らない間に何処か遠くへ行ってしまうんじゃないかと。それが、ユーグは酷く怖かった。杞憂だとは、どうしても言い切れなかった。ユーグの勘は——よく当たるのだから。

ユーグはぎゅっと自身の手を握りしめ、思う。

はやく——はやく大人にならなくちゃ。

置いて行かれないように。置いて行かれたとしても、自分の足で付いていけるように。

——だから、それまで何処へも行かないで下さい。魔王様。

## 二十．いい加減な奴が真面目に生きることほど大変なことはない

皆との話し合いの結果、幾つかの基本方針が決まった。

その一。国民を纏めるのは、元隠れ里の長達が中心になって行う。これはもう言うまでもなく、私一人では手が回らないからだ。そもそも何を指示するのかすら分からない有様なのに、下手に口を出したらいろんな不具合が出てくるだろう。丸投げ、と言ってしまっては聞こえが悪いが、適材適所といったところだ。

でもだからと言って、私の意見が通らないというわけではない。ちゃんと私の意見も考慮してくれている。突飛な考えでなければだが。

だが、代わりになる人材が現れたら行政はそちらにシフトさせるとのことだ。誰かをスカウトするか、今の若い人材が育つのを待つか……難題だな。

その二。数年かけて国境線に関所と砦《とりで》を設置、及び、海や山などの資源の開発。

この辺りは、ほぼ私の仕事となる。一日に一割ほどの魔力を注ぎ込み続ければ、三年もあればそれなりに強固な壁ができるだろう。

最初は関所なんて作らずに全部閉じてしまえばいいという意見も多かったが、そこはなんとか納

得してもらった。きっといつかは他の国との貿易が必要になってくる。その時にわざわざ作り直す方が手間だ。

因みに海に面している部分は壁ではなく、大きな杭《くい》を立てることにした。国境線から海に向かって十キロくらい。大型の船が通れないほどの間隔で。後でその杭がない部分に港を作れば、漁業は問題ないだろう。

もしかしたら水流との関係で色々問題が出るかもしれないが、それはその時に考えればいい。

これらの壁が完成すれば、ある程度の防衛は可能となるはずだ。

その代わり上空からの攻撃には滅法弱いが。でも、飛行機なんて私が生きている内には開発されないだろうし、別にいいか。

資源の開発は、うん、純粋にそれに手を割《さ》ける人がいないことが理由だった。だからこそ、何処へでもすぐに移動できる私が抜擢《ばってき》されたのだ。

でも資源って言われても、すぐに思いつかない。真珠とか鉱石を探せばいいのかな？　謎だ。後で誰かに聞こう。

その三。魔石の作成。

暇な時はずっとそれをしていなさい、という厳命がきた。発案者はレイチェルである。別に片手間でもできるけど……。

確かに魔力を貯めておけば、私がいない時もこの城を動かすことができる。

上手く人力でこの街をまわせるようになったとしても、まだまだベス君の力に頼ることも少なくないだろう。その時のためにも、それは良い考えだと思った。

今のキャパシティならば、一年あたりで三年分の維持魔力が貯められると思う。サボらずに頑張ろう。


その四。外交に関しては、魔王に一任する。ただ、他国と積極的な関わりは持たない。

これは言うまでもなく、皆の総意だ。もう私たちは争ったりすることに疲れていた。関わらないで済むのならば、きっとそれが一番だ。もちろん、例外はあるけど。

今のところ、私という存在がいることでその平穏を保てている。できるだけ長くこの状態を保ちたいというのが本音だ。


その五。最終の決定権は、魔王《わたし》にあるということ。

これは私が言い出したわけではなく、彼らが自然と言いだしたことであった。一応はちゃんと尊重されているらしい。

まぁ、他にも細かい決まりごとは沢山あったのだが、大したことではないので割愛《かつあい》する。


「でもこれって、かの有名な青狸《あおだぬき》みたいな扱いだよねぇ」

「その青狸が何なのかは知りませんが、便利屋扱いなのは否めないでしょうね」

机に片肘を付いて、ぼそりと呟いた言葉に、レイチェルがそう返した。

うーん。やっぱりそうか。

頼ってもらえるのは素直に嬉しいけど、行き過ぎは良くない、程ほどが一番だ。

「教会、というか神殿の方も、もう少ししたら機能できるようになるってさ。幸い元教会関係者のエリザちゃんだっけ？　あの子も協力してくれるって言ってたし。何時までも学校の代わりにするのも、ちょっとね……」

実際、学校の建物自体は前からあったわけだし。

ただ単に親と子供が安心して通うことができたのが『教会』という存在だったから、今までズルズルとあそこに集まり続けてたのだ。

此処に来てからもう二か月にはなるし、そろそろ移動しても大丈夫なはずだろう。

「エリザですか……。マリアンヌ様の信徒を奪うようで、何とも複雑な気分です」

「別に一神教ってわけじゃないんだし、そこまで気にすることはないと思うけど。——とはいえ、例の件がなぁ」

あの日、エリザから頼まれた調査の件が全く進んでいない。

残念なことに、私はそういった調査や探索に向いていない。やろうと思えばできるのだろうが、私の得意魔術は攻撃特化のみだからなぁ。どうにも精度が悪い。

——それでもできることはある。

何度か彼女のいた国に赴き、当日動いていた軍人を尋問したり、教会の跡地を掘り起こしてみたり、色々とアプローチをしてみた。もちろんちゃんと変装して、私が誰か分からないようにして。

……だが、一向に情報が出てこない。それが最大の誤算だった。

そもそもあの日の件は、当日に突入の指示を出したのが誰なのかすら、軍部の中でもはっきりしていないらしい。

情報が隠蔽《いんぺい》されているのか、それとも記憶を改ざんされているのか、そこまではまだ分からない。

直接、国の上層部に問いただすのが一番早いんだろうけど、そのクラスになると隠蔽が難しい。

誰にも見咎められず、単騎で上層部に接触できる人間なんて、この世界にはそう何人もいないだろう。襲撃者が私だとばれるのも時間の問題だ。

——記憶の操作ができれば一番楽だったんだけど。

そう思い、私は嘆息した。

記憶の操作とはつまり、『魔術によって脳に干渉する』ことに他ならない。加減を間違えばとんでもないことになる。

私の膨大な魔力は、そういった繊細な精度が必要な魔術には向いていないのだ。そもそも、魔力特性が破壊特化だし。仕方がないといえば仕方ない。

「それにしても……」

「ん？」

「彼らには言わなかったのですね。——勇者のことは」

——そう、私は勇者のことを彼らには一切話さなかった。

エリザの事件の黒幕の目的が勇者召喚ならば、実行前に止めてしまえば、私の勝ちだ。普通であれば、こちらも協力を仰《あお》ぐのが筋というものだろう。

手詰まりだと自覚しているなら尚更だ。

……でも、言えなかった。

「楽しそうだったから」

「え？」

「未来《これから》のことを楽しそうに話してたから、言えなかった」

まるで、目隠しをしながら爆弾を処理するような感覚。こうして話している間にも着々と死神《ゆうしゃ》が忍び寄っているだなんて、私でさえ恐ろしい。

それなのに、解決策すらないのに、彼らの不安を煽るような真似はしたくなかった。

皮肉な事に『勇者』の強さはこの私が証明してしまっている。この世界ではもう、『勇者は魔王を打ち倒す者』と定義付けられてしまっている。文字通り、勇者とは魔王に対する最終兵器《リーサルウェポン》なのだ。

……そもそも、私の杞憂という可能性もないわけではない。エリザの事件も、ただ単純に聖遺物が欲しかっただけかもしれないし。

それに相談したとしても、これに関しては有効な策など出てくるわけがない。そう確信していた。

……結局、私一人で頑張るしかないのだ。

悩んで強大な敵に立ち向かう努力をする。まるで、私の方が勇者みたいじゃないか。笑えるね。

でも残念。私は魔王だ。勇者なんかじゃない。正攻法でこの首を討ち取れると思うなよ。

たとえ汚い手を使ったとしても、必ず私が勝ってやるさ。

「一応ベス君に相談して何個か手は打ってある。——それでも駄目なら、その時はその時だよ」

——そう、運命くらい簡単に捩《ね》じ伏せてこその『魔王』なんだから。

今日も今日とて、散歩はやめない。これはもう私のライフワークに組み込まれているとしか言いようがない。別に運動が足りてなくて体重に不安があるから、とかそんなんじゃない。

「おや、魔王様。今日も散歩ですか？」

「あー！　魔王さまだ‼　あそんでー」

「魔王様、ちょうどいま休憩に入ったところなんです。一緒にお茶でもいかがですか？」

「今度の工事、手伝って下さいよー。魔王様がいるとすっげぇ効率がいいんですよ」

「暇なんですか？　暇なんですよね？　じゃあ一緒にひと狩り行きましょうよ。いやぁ、魔王様がいると移動が楽なんですよねー。大物も存分に射れるし」

街を歩くと、こんな感じに気楽に声を掛けられる。

因みに最後の奴はヘイゼルだ。ああやって時折、狩りに誘われる。弓の腕が鈍るのはどうしても嫌だと言っていたので、特別に城壁の外へ行く許可は出している。まぁ、言ってしまえば国専属の狩人といったところか。

普段の雰囲気的に恨まれているわけではないだろうけど、なんだろう？　彼からは微妙に戦闘狂っぽい気配を感じる。

でも弓矢を手に取って、ジッとこちらを見つめるのはやめて欲しい。どう見ても獲物を見る目だったぞあれは……。背中を見せたら射られそうな、妙な威圧感がある。エルフ怖いよエルフ。さ

すが森の狩猟民族。……まぁ、その時はちゃんと避けるけどね。

でも本当にあれだ。最近は正直なところ、私の威厳は完全に息していないな。魔王というか、ちょっと偉い人みたいな感じ？

「崇《あが》め奉《たてまつ》れとは言わないけど、もっとなんか、こう、ねぇ？」

「そんなことを言われてもねぇ……。魔王様は支配者らしくないですから」

たまたま手の空いていたベン爺にそんなことを相談してみたら、事もなげにそう返された。らしくないってなんだ、らしくないって。私の不満そうな顔をみて、彼は苦笑した。

「みんな魔王様との距離を測ってる最中なんですよ――何処までが許されるラインなのかをね」

「つまり、彼らからは私は何をしても大丈夫だと判断されたと」

「かも知れないですねぇ」

そう言って、ベン爺は笑った。

心外である。恐怖と畏怖の対象であるこの魔王が、そんな風に思われているとは。

頼られるのは嬉しい。私はどちらかというと、煽《おだ》てられると木にも登るタイプだ。だけど、親しくなるのと嘗《な》められるのはちょっと違うと思う。とりあえずは国王として最低限の礼だけははらってくれてもいいのではないか。

「良くも悪くも、魔王様は言葉が足りないのですよ」

「……何それ、私が悪いってこと？」

「そうじゃありませんよ。――嫌ならば、ちゃんと嫌だと言えばいいのです」

「……嫌なわけではないよ。ただちょっと、不安になっただけ」

本当は馬鹿にされているんじゃないかと、嫌われているんじゃないかと、愚かにも疑ってしまっただけだ。トラウマはどうやら根深いらしい。

そんなことはないと、今はちゃんと言える。あんな様子だけど、信頼関係は確かにできていると思うし。

「貴女は確かに我々の王です。ですが……」

ベン爺は言う。

「だからと言って、常に孤高である必要はありません。子供たちはともかく、大人たちは何となくそれを感じていますよ。――正直、今の貴女は子供が無理をしているようにしか見えませんから」

別に孤高を気取っているつもりはなかった。昔ならばともかく、今は結構、素で過ごしている気がするし。……確かに言えないことは沢山あるけど。

でもそうか。無理をしてるように見えたのか、私は。

だから、皆文句を言わずに手伝ってくれたのかなぁ。

「貴方達にとって、私は子供なわけか。もう十八歳になるんだけどね」

「年齢は関係ありませんよ。印象の問題です。……その、言いにくいですが、魔王様は見た目も幼いですし」

と、ベン爺が少し目線を下げてそう言った。

おい、今どこを見た。胸か、胸なのか？　確かに外見的にも二年前と比べ、全然成長してないけどさぁ。

この西洋風の世界基準じゃ、確かに少しばかり幼く見えるかもしれないが、現代日本の感覚で言うと私は立派なレディだと思う。ただの願望かもしれないけど。

「……まぁ、参考にはなったよ。ありがとう」

「滅相《めっそう》もない、こんな老いぼれで良ければ、いつでも話を聞きますよ」

そう言うと、ベン爺は優しげに笑った。深い皺《しわ》が刻まれたその笑顔を見て、何となく祖母のことを思いだした。あの人も厳しいが、根は優しい人だった。

本音をいうと、はっきり言ってほしかったのだ。「お前は王に向いていない」と。この人ならそれを言ってくれそうかな？　と思っていたのだが、上手く諭《さと》されてしまった。これが年の功というやつか。私の学生時代もこんな先生がいたなら、もっと真面目に勉強してたかもしれないなぁ。

何となくそんなことを思いながら、飲みかけのお茶をぐいっと飲み干した。ぬるい。

「ベン爺ってさぁ、元々は結構、偉い人だったりしない？」

その疑問が口をついて出たのは、本当に何となくだった。

「はぁ。何をいきなり」

「いや、前から思ってたんだけどさ。纏う空気ってやつ？　それが顔見知りの好々爺《こうこうや》に似てるんだよね。どことなくハイソな気配もあるし」

私はとある国の御隠居のことを思いだしていた。勇者時代の私に臆さず話しかけてきた数少ない人物の一人だ。あの人もなかなかの曲者《くせもの》だったな……。何だか見透かされているようで、私はあまり好きではなかったけど。

「いえいえ、儂《わし》はそんなに大層なもんじゃありませんとも。魔王様の思い違いでしょう」

「その割には、昔の話はしてくれないよね」

「こんな爺にも、言えないことの一つや二つはあるのですよ。それだけは、ご理解いただきたい」

ベン爺はそう言って肩を竦めた。

まぁ、私としても気にはなるけど、嫌がっている人から無理やり聞き出そうとまでは思わない。別に聞かなきゃ死ぬってわけでもないし。そう思い、私は顔の前で両手を振った。

「いや、いいよ。ごめんね、変な話をしちゃって。別に疑ってるとかそういうわけじゃないから。ちょっと気になっただけだし」

困り顔のベン爺を見て私は、ちょっと失敗したかな、と思った。別に責めるつもりなんてなかったのに。悪いことをしてしまった。

「今日は話を聞いてくれてありがとう。ちょっと気が楽になったよ。——次に来るときは」

もう少しはマシになってるから、と続けようとした。でも、その言葉が最後まで紡がれることはなかった。

「——魔王様‼　こんなところにいたのですね‼」

「えっと、何かあったの？」

ガルシアの部下である、鋭い牙を持った青年が部屋に駆け込んできた。その顔には焦りが見られる。何があったというのか。

「『ミネルバ』の国境寄りの果樹園の側で、人間の女を一人捕らえました」

青年は息を切らせてそう言った。

——この出来事が、新たなる騒動の始まりだということは、まだ私は知らなかった。

# 二十一．美しい薔薇《ばら》には棘《とげ》がある

報告によると、侵入者の警報に従って様子を見に行ったら、その女性はのんきに果樹園の林檎《りんご》を齧《かじ》っている最中だったらしい。そして男達が駆け寄ると、特に抵抗もせず、投降を認めたそうだ。

……何だそれ。

常時であれば、たとえ無抵抗で投降したとしても、何らかの暴行を加えていてもおかしくはない。人間が相手ならば尚更だ。それなのに今回に限っては、その女性は無傷とのことだ。

その女の行動に毒気を抜かれたか、もしくは何らかの方法で懐柔されたか……それは確認してみなければ分からないな。

取りあえずはその女性と会ってみることにする。別に私が直々《じきじき》に尋問する必要性はないと思うが、まぁ念のためといったところだ。

私に報告に来た青年に、その女性を私の書斎を兼ねた応接間まで連れてくるように命じる。

玉座の間でも良かったが、あの場所はセンスが悪いので好きではない。色調が暗いんだよなぁ、あそこ。気が滅入る。……そんなことはどうでもいいとして、侵入者の話に戻ろう。

その女性の目的が何であれ、早急に扱いを決めなければならない。

たとえこの国に迷いこんでしまっただけだとしても、こちらとしても体面はあるし、お咎《とが》めなしというわけにもいかないだろう。

別に秘密裏に処分しちゃっても私は構わない。私は人殺しはできればしたくないけど、それは別にできないというわけではないのだ。今さら純情ぶる気はない。単純に好みの問題なだけだ。

……でも、下手なことをすると女神様《レイチェル》がうるさいからなぁ。いっそのこと、相手が極悪人とかだったら判断が楽だったのに。

「さぁて、鬼が出るか蛇《じゃ》が出るか」

――まずはご対面と行きますか。

◆

私の前にその女性が連れて来られた時、その姿を見て思わず息をのんだ。

手を前で縛られながらも、気丈に振る舞う凛《りん》とした立ち姿。緩やかにウェーブした柔らかそうな金色の髪。宝石のように透き通った幻想的な紫眼。

そして何よりも目を引いたのは――その美貌だった。黄金比とでも言えばいいのだろうか。顔のどのパーツを見ても、整っていると感じる。傾国《けいこく》とはこのような女性のことを指すのだろうと、何となく思った。

服装も簡素な旅装束であるが、所々に見られる意匠には目を瞠《みは》るものがある。それも暴行を加えられなかった一つの理由だろう。

何故なら、身分の高い者に手を出すことは、争いの火種になりかねないからだ。それを半魔族《かれら》はよく理解していた。だからこそ、不干渉を選択するのは正しい選択だ。

彼女は魔王《わたし》のことをその目で確認すると、穏やかに微笑んだ。

その笑みに、心の中で思わずたじろぐ。……捕まっている身なのにずいぶんと余裕だな。

私は動揺を隠しつつも、彼女を連れてきた者達に対し、片手をあげて退室を促した。このままここにいられてもやることがないし。

彼らは、私とその女性の両方に何か言いたげな視線を向けたが、そのまま何も言わずに出ていった。どことなく心配そうな表情をしていたのが印象的だった。

……なるほど、これは懐柔説が正しいかもしれないな。そうでもなければ侵入者にあんなに心配そうな視線を送る筈がないだろう。

それにしても、魔王である私のことも心配しているという事実の方が意外であった。

最近ボロがでてきているとはいえ、流石に拘束されている女性に負けるほど落ちぶれてはいないつもりなんだけど……。そんなに頼りなく見えるのだろうか。

彼らが退室した後、私は応接間の椅子に座ったまま、彼女に着席をすすめた。

「とりあえず座ったらどう？」

「あら、ですが魔王様。このままでは痛くて椅子にも座れませんわ。――宜しければこの縄をほどいて下さらない？」

と、彼女は微笑みながら拘束された両手を目の前まで上げてみせる。

そして彼女は――これでは痛みで何も話せなくなるかもしれませんわ、と穏やかに続けた。

……魔王を前にしているというのに、ずいぶんと胆が据わっている。

それにまったくもって狡い言い方だ。別に突っぱねたって構いはしないが、こういったタイプは

経験則からいうと、実に性質が悪い奴が多い。下手に強情になられても困るし、情報を引き出したいのならば、ある程度の譲歩は必要だろう。

ぱちん、と指をならす。その瞬間、彼女の手の縄は切れ、白い手首が解放された。赤く残った痕が痛々しい。彼女はゆっくりとその痕をさすりながら、ほう、とため息を吐いた。

……何と言うか、その手首をさする仕草すら艶《つや》があるっていうのはもう反則だと思う。この人は私の女子力に対する刺客か何かなのだろうか。私の方がため息を吐きたいくらいだ。

「これで満足？　——それで、この国に何の用なのかな。美しいお嬢さん？」

机の上に片肘をつきながら、私は微笑んでそう言った。

「あら、お嬢さんだなんて……。こう見えても、もう十八歳ですのよ？　恥ずかしいですわ」

彼女はそう言うと、恥じらうようにはにかんだ。

その言葉に衝撃が走る。——私と同い年、だと？　何故だ。どう考えたって私の方が良いものを食べている筈なのに、どうしてこんなにも差が出るんだ……いや、そんなことは今はどうでもいい。

「茶化すのは止めてよ。質問の意味を理解する頭があるなら、名前と所属をさっさと教えてくれないかな？　女子供に手荒な真似はしたくないんだ」

「うふふ、せっかちなのですわね。——申し遅れました。私《わたくし》、この国より東『ミネルバ』から南に位置する『フィリア』の民ですわ。その国の伯爵の娘、フランシスカ・フォン・ベルジュと申します。以後お見知りおきを」

そう言うと、彼女——フランシスカは綺麗に礼をしてみせた。

「……へぇ」

それしか言葉が出ない。確かに身なりも立ち振る舞いも平民とは違っていた。それどころか、まさか伯爵の娘だと？

それが本当だとして、何が目的で単独で此処に来たんだ？

「それ、事実かどうかは知らないけど、貴族の割にずいぶんとお転婆《てんば》なんだね。お供も連れていなかったみたいだし。……で、私の名乗りも必要かな？」

「いいえ、貴方様のことは存じ上げておりますわ。それはもう十全に。――噂とは違い、心優しき王であることも確認できましたし」

フランシスカは微笑んで言った。

――いや、別に優しくはないけど。そう思ったが黙っておく。だが、この状況でそんなことを言い出す神経が分からない。こいつ、本当に何しにきたんだ？

――それにしても、噂というのはあれか。この間の帝国の件だろうか。あれは私もちょっとやりすぎたかな、とは思っている。反省は全くしてないけど。

「褒めてくれてありがとう、ベルジュ嬢。で、私に何の用があって此処に来たのかな？　別に迷い込んだわけでもないんでしょ？」

「あら、魔王様。私のことは親愛を込めて『シスカ』と呼んでくださいな」

平然とした様子で、彼女はそう言った。うーん、答えになっていないよね。

……何でこの人はこんなにもぶれないのだろうか。さっきから一貫して余裕が崩れない。私が威圧を放っているにも拘わらずだ。ここまで来ると逆に尊敬に値する。

「ベルジュ嬢。質問に答えてくれないかな？　――私が『優しい王様』でいられる内にね」

暗に害されたくなければ話せ、と脅す。これ以上、彼女のペースに飲まれるのは遠慮したい。

私のその威圧を含んだ言葉に、彼女は少しだけ困ったような顔をした。

……怯えるならまだしも、何故、困った顔なのだろう？

それとも私が知らないだけで、貴族とはみんなこんな感じに話が通じないのだろうか？　いや、そんなわけがない。

「酷いですわ。私《わたくし》はただ、魔王様とお友達になりたかっただけだというのに」

「……はぁ？」

思わず素で聞き返してしまった。

何を言っているんだ、このお嬢様は。本当に頭でも沸いてるのか？

「……そんなことのために、わざわざ殺される危険を冒してまでこの国に来たと？　冗談もほどほどにしておいたら？」

「冗談ではありませんわ‼　私《わたくし》は本気ですのよ」

と、彼女は真剣な顔でそう言った。

……悪いが到底、言葉のままに受け取ることはできない。ていうか、素直に信じる方が馬鹿だろう。言葉の一つ一つが胡散臭《うさんくさ》いというか、白々しいというか、正直、信用するに足らない。

……何だかもう、色々と面倒になってきた。体面とかどうでもいいから、フィリアに強制送還してしまおうか。それが一番いいかもしれない。

そう思い、溜息をついた時、彼女――フランシスカがゆっくりと立ち上がった。

そのましっかりとした足取りで、私のいる机の前まで歩いてくる。私はそれを黙って見ていた。

彼女の行動を制さなかったのは、余裕の表れであったのと同時に、彼女の真意を図るためであった。

このまま危害を加えてくるならば、それはそれで構わない。私も相応の行動がとれるのだから。

が、彼女は私の予想に反し、暗器をとりだそうとする様子もない。彼女は机の前まで来ると、両手を机の上に付き、その美貌をズイッと私に近づけて、うるんだ瞳でこう言った。

「——私《わたくし》では貴方の親しき友にはなれませんか?」

美女にそう懇願されて、少しばかり心が動きかけたが、どう考えても罠としか思えない。

私が女で良かった。もしも男であったならば、ハニートラップだと分かっていても頷いてたかもしれない……なんて、ね。

いい加減にこの変な女を相手にするのも疲れた。目的も分からないし、何よりも鬱陶しい。

——もういいから帰れ、私はそう口にしようとした。

だが、それは言葉にならなかった。

私が口を開けた瞬間、彼女の紫色の瞳が妖《あや》しく輝きだし、一瞬にして視界が赤に染まった。

「魔王様。どうしても駄目でしょうか?」

その問いに、私は——

# 二十二．可愛い顔には必ず何かが隠してある

「——駄目だ」


私はフランシスカの目を見つめ、しっかりとした口調で答えた。

この私を見くびらないでほしいものだ。この程度の術ならば簡単に抵抗《レジスト》できる。

フランシスカが驚いたように目を見開いた。その目はもう既に元の紫色に戻っている。

その顔には、先ほどは見られなかった焦りが見て取れた。……なるほど、余裕だった理由はこの能力のためか。残念だが、それは悪手だ。何故、私が『魔王』と名乗っているのか、分からないのだろうか？　伊達《だて》や酔狂《すいきょう》、というのもあるのだが、ちゃんと意味だってある。

——『魔を統《す》べる者』だから、魔王。女神《レイチェル》が知りうる全ての魔術を修めた私に、魔術勝負を仕掛けるほど愚かなことはない。

「魔術ではなく、魔眼の類か——。でも残念だったね。私に暗示は通用しない。まぁレベル差って奴だよ」

私がそう言うと、彼女は小さく肩を落とした。

「……流石は魔王様ですわ。他の半魔族の方には効果があったので、大丈夫だと思ったんですけれど。——はぁ、失敗してしまいましたわね」

やれやれとでも言いたげに、彼女は片手で髪を掻き上げた。素直に話すところを見るに、どうやらこれ以上抵抗するつもりはないようだ。

……本当だったら、この場で即刻処分しなきゃいけないんだろうけど、どうにも気が乗らない。何というか、彼女からは『魔王《わたし》をどうにかしてやろう』といった気概が感じられないのだ。いうなれば、行き当たりばったり。もしくは投げやり。そんな印象すら受ける。

正直さっきの魔眼なんて私にとっては児戯《じぎ》みたいなものだし、攻撃だと捉《とら》えるのも馬鹿馬鹿しい。それよりも、問題はその『魔眼』にある。あれからは何とも懐かしい気配を感じたからだ。

「それで、吸血鬼《ヴァンパイア》と淫魔《サキュバス》のどっちかな？」

「……え？」

彼女の動揺は顧みず、唐突に切り出した。別にこの期《ご》に及んで隠すことでもないだろうし。

「これでも魔王だからね。君の魔眼が何処の系譜から来たものかは、何となく分かるんだ――身体的特徴も無いみたいだし、二代か三代くらい前に混じったのかな？」

それに魔眼の能力を使える種族だって限られている。その中で人に紛れて生活できるタイプのものは吸血鬼か淫魔くらいしかいない。

私のその言葉に、彼女は若干の動揺を見せながら答えた。

「ええ、仰《おっしゃ》る通りですわ。母が吸血鬼との半魔族でしたの――それに私は、伯爵の娘と言ってもただの庶子《しょし》ですの。半魔族である母が正妻になれるはずがありませんでしたから」

そう言って、彼女は苦笑した。だが、その笑顔には何処となく懐かしそうな雰囲気があった。

「でも、その様子だと悪い扱いは受けてなかったみたいだね。何よりその力があれば何だってできただろうし」

私がそう言うと、彼女はゆっくりと首を振った。

「いいえ。この魔眼の効力はもって一時間ほどですの。大した事には使えませんわ——まぁ、言質《げんち》を取りたい時には便利ですけれど」

いや、十分強力だと思う。私だったら好き放題に使うだろうし。

「……それでだ、君が本当にフィリアの貴族だと仮定して——何のためにこんな無駄なことをしようと思ったのかな？　一歩間違えれば君の母国がなくなっていたのかもしれないっていうのに」

だが、十中八九、彼女の背後に国の存在はないと考えてもいいだろう。鉄砲玉だと考えてもおかしいいし、何より計画に穴がありすぎる。

——ならば、これは彼女の独断だ。

彼女だって最強と謳《うた》われている魔王《わたし》にその魔眼が通用するなんて、本気では思っていなかっただろう。彼女はきっと聡《さと》い人間だろうから。

——だからこそ、意図が読み取れない。

下手をすれば、自分の母国すら滅びかねない暴挙だ。確固たる理由がなければ私も納得できない。

「私としては、どう転んでも構わなかったのですけどね。でも、お友達になりたいというのは本当でしたのよ。少しだけ手段が間違っていたというだけで」

「……ふうん」

「だって」

そこで彼女は言葉を区切ると、今までにないほど綺麗に微笑んで見せた。

「その方が願い事を聞いてもらいやすいでしょう？」

──うっわ、コイツ性格が悪い。私は軽く引きながら、そう思った。

確かに下手な懐柔策よりは効果があるだろうけど、人としてその考え方はどうかと思う。ていうか、そういうのを前提としちゃったら、それはもう友人とは言えないだろうに。

「つまり、その『お願い事』が主題であったと」

「あら？　話を聞いて下さるのですか？　──私は、後は処分されるだけだと思ってましたのに」

「……一応、聞くだけだから。叶《かな》えてやるとは言ってないよ」

「ええ、勿論分かっていますわ、そんなこと。でも話を聞いて下さるのなら、それで十分ですもの」

そう言うと、彼女は再度、椅子に腰を下ろした。……どうやら長い話になりそうだ。

◆

「私の生まれは先ほどお伝えした通りで間違いないですわ。お疑いならば、調べてもらえば嘘は言っていないと分かっていただけると思いますの。でも、一つだけ嘘になることがございますわ──私、もう伯爵家の令嬢ではないのです。ああいえ、別に縁切りされたというわけではありませんのよ？　ただ──ベルジュ伯爵家が取り潰しにあったというだけで」

「取り潰し？」

「ええ、取り潰しです。──お父様ったら少しばかり熱血な方で、今の王家に異を唱え、クーデターを目論《もくろ》んでいたようなのです」

それは穏やかではないな。確かにこのご時世、真っ当な政治を行っている国なんて数えるほどしかない。

詳しくは知らないが、フィリアも例にもれず、王族と貴族による搾取《さくしゅ》が横行する国だったのだろう。

「勿論、そんなことが成功するわけがないのです。私もお兄様も必死で止めましたが、大義のためだと聞き入れてくれませんでしたわ。……反逆罪は一族郎党全員が処刑と相場が決まっています。私とお兄様はお父様が行動を起こした時には先を見据えて、家から逃げだすことにしましたの。

――処刑はつい三日前でした……酷いものでしたわ」

彼女はそう告げると、目尻ににじんだ涙を拭《ぬぐ》った。

――ここで、彼女が嘘を言う必要性はない。調べればすぐに分かることだからだ。

「それで？　私に代わりに復讐でも頼むつもりでいたの？」

「いいえ」

私の言葉に、彼女は強い口調で否定を示した。その迫力に少し気圧《けお》される。

「お父様の不始末をどうこう言うつもりはないのです。ただ、私は――お兄様を救いたいだけなのです」

「さっき一緒に逃げたって言わなかった？」

「ええ、でも捕まりました。お兄様は運動神経が、その、あまりよろしくないので逃亡には向いていないのですわ」

……それ、もう死んでるんじゃないの？　と、思ったが黙っておく。彼女の顔があまりにも真剣だったからだ。私が困惑の視線を向けていると、フランシスカは儚《はかな》く笑って見せた。

「……言いたいことは分かりますわ。もう死んでいるとお言いになりたいのでしょう？　――でも、それだけはあり得ませんわ」

確信が籠《こも》った声で彼女は言う。

「お兄様は物事の真理を見抜く『超直感《ギフト》』の持ち主なのです。魔王様とて、その力の存在はご存じでしょう？　その価値は計り知れませんわ。お兄様が施政に口を出すか出さないかで税収が倍近く変わってくるのですもの」

「知っているよ。――神が人に気まぐれに与えると称されている『特殊能力《ギフト》』。いわば、魔族の固有特性の人間版ってところだろう？」

私の言葉に、フランシスカが頷く。兄弟で能力持ちか。珍しいにもほどがあるな。

それにしてもギフトか、話には聞いたことがあったけど、本当に実在するとは……。

魔術などの魔力を使わない能力。つまり、精神力で物を動かす念動力《サイコキネシス》などの能力もギフトに分類されている筈だけど、それを持っている人は本当に稀《まれ》だ。しかも実用的ときてる。そりゃあ確保されても仕方ないだろう。

ユーグの『聴力』がそれに近いんだろうけど、あれはそのレベルまでは達していないらしい。

レイチェル曰《いわ》く、もしあの力が『特殊能力《ギフト》』の領域にあるならば、千里の音を聞き分けるのもわけないのではないか、と言っていた。

「そもそも、わざわざ回りくどいことをしないで、それを先に言えばよかったのに。何の意味が

ない。

兄を助けたい。それが本題だというのならば、あの問答は全て無意味だったはずだ。訳が分から

私の呆れ気味の問いに、彼女はニコリと笑った。

「どう転んでもいい、と言ったでしょう？　——私があの場で殺されようと、フィリアが滅びよう

と、その余波でお兄様が死のうが、そんな事は只の些事《さじ》です」

「……些事なんだ」

すごい言いようである。

尚もフランシスカは続ける。

「些事です。お兄様が捕らわれているというのに、私だけがおめおめと生き延びるなんて耐えられないですもの。逆にフィリアが滅んでくれるのならば御の字でしたし。それに、私が捕まっていないことが分かれば、お兄様も遠くない内に自害なさるでしょうね。結果はどう足掻いても変わらないのです」

つまり、今までの言動は全て遠回りな自殺であった、と。……これ、私、怒っていいよね。

私がジト目で彼女を見つめていると、フランシスカは酷く申し訳なさそうな顔で俯いた。

「……申し訳ありません。半ば自棄《やけ》になっていたのでしょうね。ご迷惑をおかけしましたわ」

フランシスカはそう言うと、椅子から立ち上がり深々と頭を下げてみせた。

私がもういい、と言うと彼女は頭を上げ、また席についた。

「あ、でも、ちゃんと他の意味合いもありましたのよ？　そもそもあの程度で激昂なさるような方

ならば、これから先、お兄様を部下に据えるなんてとうてい無理ですもの。お兄様は残念なことにかなりの毒舌でいらっしゃるから」

「うん？」

言葉の意味が分からず、思わず気の抜けた声で聞き返してしまった。彼女は私のそんな様子を気に留めず続ける。

「『対価』の話です、魔王様。もし、魔王様があの国からお兄様を救いだしてくださるのならば、私とお兄様共々に魔王様の軍門に下りましょう。誠心誠意、お仕えさせていただきますわ」

凛《りん》とした態度で彼女はそう言い切った。

……ああ、なるほど。つまり『自分達は役に立つから助けろ』と言いたいわけか。

確かにそのまま言葉を鵜呑《うの》みにすれば、彼女の兄はこの国にとって願ってもない人材となることだろう。それは十分に対価としてふさわしい。でも、

「――それはちょっと、都合が良すぎると思わない？」

上から目線で人格を試されて、攻撃を仕掛けられ、しまいには部下になってやる？　――笑わせるなよ。

彼女は自身の兄の絶対的な価値を信じている。だからこそ、そのカードを切った。

でも、私がそのカードを受け取ってやる義理はない。寧《むし》ろこの状況下で引き受けたら私が馬鹿みたいじゃないか。

「……それは重々理解しておりますわ。そもそも、この話をする段階まで生きていられたことすら、奇跡に等しいのですもの」

沈痛な面持ちで、彼女は弱々しくそう告げた。

――ああ、本当に面倒くさい厄介者を連れてきてしまった。

この時点で私は、彼女の行為に対するお咎めはもうなしでいいんじゃないかな、と思い始めていた。面倒だし。

不法侵入と窃盗《せっとう》はともかくとして、後は私が個人的に不快感を被《こうむ》っただけだ。ガルシア達にばれたら大事《おおごと》だが、私が黙っていれば問題ないだろう。実害は何もなかったわけだから。

魔眼は制約《ギアス》か何かで無効化しておけばいいし、ここの住民の資格である魔族の血も混じっている。別に彼女一人くらい増えたところで問題はない筈だ。

でも、それはフランシスカ本人が認めないだろう。私が彼女の兄を助けない限り、彼女は自ら死を選ぶ。

……貴族という連中はこれだから面倒臭い。プライドが高く、自分達の勝手なルールで動く奴が多すぎる。しかも、他人の迷惑を考えないときたものだ。死にたきゃ勝手に死ね。私を巻き込むな。

そもそも一応はまだフィリアの国の人間なんだから、外交的に抗議をして処分を決めた方がいいのかな？　どうしよう。正直、何をすればいいのか分からない。

でも下手に圧力を加えたらまた勇者に対するリスクが上がるだろうし、ああもう、私にどうしろっていうんだ。

「あ、あの魔王様？　どうかなされたのですか？」

急に黙り込んだ私を見て不安に思ったのか、フランシスカが心配そうに問いかけてきた。

……元はといえば、この女が厄介事を持ち込んでくるから、私はこんなにも悩むことになってしまったのだ。そう思うと、沸々と怒りが湧いてくる。

——そもそもだ。悩んで苦しくて辛かったから、私は王妃の役を投げ出して此処に逃げてきたんじゃなかったのか？

……それなのに、なんだこの有様は。前よりもずっと苦しいじゃないか。何でだよ。おかしいだろ。

国のことで悩んで、民のことで悩んで、勇者のことで悩んで、外交のことで悩んで——ああもう吐きそうだ。こんなはずじゃなかったのに。

クラクラと眩暈がしてきて、私は思わず両手で頭を抱え込んでしまった。

その刹那《せつな》、私は『ぶちり』と何かが切れる音を確かに聞いた気がした。


——そうだ。私が我慢をする必要なんて何処にもないんだ。

スゥっと視界がクリアになる。今さら何をやったところで諸外国からの私の評価は変わらないし、もう好きにやっても良くないかな？　いいよね？　いい加減ストレスが限界だ。

それに元々私って自己犠牲精神とか、これっぽっちも持ってないしさぁ。責任とか言われても正直困る。結局のところ、最後に綺麗にまとめれば文句ないでしょ？　うん、そうしよう‼

——じゃあ、ちょっと魔王らしく問題を解決してしまおうか。

自分の口角が自然と上がっていくのが分かった。こんなに楽しいのは、あの逃亡以来だ。

——ああ、心が躍る。あははっ‼

# 二十三.　虎の尾を踏んだ奴の気持ちは本人にしか分からない

――フランシスカは目の前の光景に焦りを覚えていた。

彼女が逃亡先に、かの悪名高い魔王が治める国――『ディストピア』を選んだことに大した意味はなかった。

半魔族とか、人間だとか、そんなことは微塵《みじん》も考えていなかった。あの時の彼女の頭の中は、父のことと兄のこと、何もできない自身に対する嫌悪感で一杯だったから。

――『家族』がいない世界に、生きている意味なんてない。

フランシスカはあの魔王の宣告を思い出していた。『立ち入るものは、絶対に許さない』確かにそのようなことを言っていた。ああならば、――それも構わない。

だから、彼女は愚かにも思ってしまった。あの国に侵入した挙句、魔王に手を出せば――きっと自分のことを殺してもらえると。

『力』がある癖に、何もできなかった自分。使用を兄に止められていた――そんなことは言い訳にもならないだろう。フランシスカはそう思っていた。

純粋に役に立たないと思われていたのか、ただ心配されていたのかは分からない。でも、力を使っていればきっと何かが変わっていた筈だ……今更、何を言っても遅いのだけれど。

魔王への挑発も反抗も魔眼の使用も全部――遠回りな自殺のつもりだった。魔王にとっては迷惑極まりなかったことだろう。

だけど、魔王は自分を殺さなかった。死のうと思っていたのに、何故殺してくれないのか。そう思い、怒りを抱くのはお門違《かど》いというものだろう……こんな考えはくだらない八つ当たりに過ぎないことくらい、自分でもちゃんと分かっていた。

でも、対面した魔王があまりにも普通に見えたから。

——だから馬鹿な私は期待してしまった。もしかしたら、彼女は私の話を聞いてくれるのではないかと——ああ、なんて浅ましい考えだ。

虫がいい話なのは自分でも分かっていた。分かっていたけれど、もうフランシスカはどうしたらいいのかが分からなかった。

だがこの国、いや、この魔王だけが唯一、兄を助け出せる可能性があるのだ。ならば恥も外聞も捨てて、縋《すが》るべきだろう。兄のことが本当に大切ならば。

だからこそ、交渉の段階まで持ってこれたのは、素直に奇跡だとフランシスカは思っていた。きっとこの温厚な魔王であれば、兄とも良好な関係を築くことができるだろう。そんな未来さえ、夢想した……あくまでも、引き受けてくれればの話だというのに。

だがしかし、その思いも束の間、魔王は黙りこくって何も反応を示さなくなった。

それどころか、魔王はフランシスカの目の前で頭を抱えだしてしまっている。何も聞きたくないとでも言いたげに。

予想外の事態に、フランシスカはもう本当にどうすればいいのか分からなかった。そもそも、魔王がこんなにも人間臭い行動を取るなんて思いもしなかったから。

だが、魔王は暫くそのままの体勢でいたかと思うと、突如前触れもなくゆっくりと起き上がった。

ふらふらと、ゆらゆらと、幽鬼のように立ち上がる。

そしてフランシスカをその暗い視線で捉えると、ニコリと笑って見せた。

——瞬間、彼女の背筋におぞましいほどの寒気が走った。

別に先ほどのように凄んでいるわけでもない。殺気が混じっているわけでもない。

どう見てもただの笑顔だというのに——何故こんなにも恐ろしいのだろうか。

「ま、魔王様？」

「林檎」

「え？」

「林檎、美味しかった？　——ほら、食べたって報告があったからさ」

「あ、ええ、お腹が空いていたので、つい」

「あれはね、私が品種改良した林檎なんだ。普通のよりも甘かったでしょ？　自信作なんだよ」

「そ、そうですの。ええ、とても甘くて美味しかったですけれど……」

「へぇ、よかった。流石は罪の果実と呼ばれるだけあるよね。そりゃあ、イヴだってつい口にしてしまうはずだよ。それが罪深いことだと分かっていても、ね。ん？　あぁこれは言ってもしょうがないか。ごめんね変な話しちゃって」

魔王は笑顔を崩さない。その声音も、特にフランシスカの窃盗行為を責めたてる風でもない。ただの自慢話のようにしか聞こえないのに——それが余計に不気味だった。

「でもさぁ、個人的にはずっとそんな風に好きなことをしていられたら良かったんだけど、人が増えたらそういうわけにもいかなくてさぁ。人生ってなかなか難しいよねぇ」

「あの……」

「だから――君は私が遊んで暮らせるように尽力してくれるんだよね？」

魔王が笑顔でフランシスカに問いかける。否定など許さないとでも言いたげに。

「それは、勿論でございます」

フランシスカはそう答えることしかできなかった――それしか、答えられなかった。

だがそれにしても、トントン拍子に話が進んでいく。それもフランシスカにとってかなり有利な方向へ――だが、嫌な予感しかしないのは何故だろうか。

何か取り返しのつかないことが起こっている。そんな気がした。

「良かったぁ。これで交渉成立だね。――他の連中は私が黙らせておくから心配はいらないよ。後でしっかりと打ち合わせをしようか。あ、でも、念のため魔眼のこともあるし、制約《ギアス》だけは掛けさせてね。そうしないと納得してもらえないからさ」

「はい、それは構いませんわ」

制約といっても魔眼の使用禁止と虚偽の報告の禁止くらいだろう。それ以上の制約は術者にかなりの苦痛を伴った反動が来ると聞く。

『制約《ギアス》』とはつまり、魂同士の契約だ。生物の根幹に制限を掛けるのだから、術者に負荷が大きいのも頷ける。命を懸ける制約はショック死の危険もあるとされ、今では禁術とされている筈。いくら魔王といえど、使う筈がない。フランシスカはそう軽く考えていた。

「それじゃ、制約を掛けるから復唱してね？」

「はい」

これは夢なんじゃないのだろうか？　こんな自分に都合がいいようになるだなんて。でも、これで兄は助かる——助かるのだ。そう思うと、少しだけ気が楽になった。

だが、後で死ぬほど兄に怒られるのだろうと思うと、フランシスカは少しだけ憂鬱《ゆううつ》になる。だが、今はその憂鬱すら愛《いと》おしい。

——兄と一緒にいられる。それならば自分はどうなったって構わない。あぁ、本当によかっ——

その安堵を踏みにじるかのように、魔王が告げる。

「——【自らの主観において、魔王、及びディストピアを裏切る行為をした場合、自身の兄を殺して己の命を絶ちます】はい、復唱」

「え？」

「ん？　聞こえなかった？　もう一度言おうか？」

魔王が不思議そうに首を傾《かし》げる。聞こえなかったわけではない。聞こえていたからこそ、聞き返したのだ。

「しょ、正気でございますか？　そんな生死のかかった制約を掛ければ貴方にも反動が——・・・・・・」

「え？　たかだか四肢《しし》をもがれる程度の痛みだよ？　別に本当に取れるわけじゃないし、何をそんなに騒ぐの？」

もし実際に取れたとしても、治癒魔術でくっつくだろうし、何か問題あるの？　と魔王は不思議そうな顔をして続けた。

その言葉に、フランシスカはゾッとした。この人は、本気でそう思っている。今までまともだと思っていた人物が、恐ろしい化け物に見えた。

――見誤っていた。この人はどんなに優しく見えようとも、結局は『魔王』でしかないのだ。

魔王の様子が一変したのは、明らかにあの瞬間だ。

……もしかしたら、自分はとんでもないものを起こしてしまったのかもしれない。

そう思い、フランシスカは引き攣った笑みを浮かべた。

「あぁ、因みにこの『裏切り』っていうのは深く考えなくてもいいよ。悪意をもって行動を起こさない限りは許してあげるから。私って優しいよね。そう思わない？　――ふふっ、でも助かるよ、本当に。私は政治関係には本当に疎《うと》いからねぇ」

――だからさ、と魔王は続ける。

「これからは私のために死ぬまで尽くしてね‼」

子供のように無邪気に、楽しそうに、嬉しそうに、魔王はそう言ってのけた。

得体の知れない焦燥感がフランシスカを支配する――この人は、危険だ。ガタガタと体が震えだす。

――ああ、このお方は私《わたくし》如きが関わっていい存在ではなかった。

――触れてはいけないモノだったのだ。

◆

結局、フランシスカは逆らえずにその制約を結んだ。元より逆らうつもりはあまりなかったのだが、これで完全に首輪を繋がれた形になる。

ただ恐ろしかったのは、その術を掛ける時に、魔王の表情が少しも崩れなかったことだ。まるで、こんな痛みは日常茶飯事だとでも言いたげに。

——フランシスカには知る由もないことであったが、魔王とて勇者時代に怪我を負わなかったわけではない。それどころか過度の破壊を禁止されていたため、本来は魔術師寄りの資質だというのに、肉弾戦に及ぶことの方が多かったくらいだ。

効率を重視し、多少の怪我ならば気にせず戦闘を続行する。それが積み重なった結果、彼女はああなった。

不意の怪我ならばいざ知らず、来ると分かっている痛みなど堪えられない理由《わけ》がない。それを知らないフランシスカには、さぞ不気味に見えたことだろう。

その後フランシスカは獣人の少年に案内され、部屋の前に着いた後、しばらくは此処から出ずに生活するように言いつけられた。その時のフランシスカはもう疲れ切っていて、少年の言葉に頷くことしかできなかった。

フランシスカは部屋の中に入り、ぼふん、と柔らかなベッドに腰掛けた。思わず両手で顔を覆う。

「お兄様。私《わたくし》、少しばかり早まったかもしれません……」

# 二十四．悪役ロールほど愉しいことはない

「貴方はいったい何を考えているんですか‼」

そうガルシアに大声で怒鳴られた。

――場所は私の執務室。事の顛末を聞いたガルシアが吠えた声だった。あぁ、鼓膜が痛い。

「何って、私のこれからの仕事を簡略化させる為の布石だけど」

「その為に貴方を害そうとした人間を迎え入れると⁉　馬鹿も休み休み言って下さい‼」

「……そんなに怒鳴らなくても聞こえてるってば。それに被害はなかったんだから見逃してよ。私がいいって言ってるんだよ？　別にいいじゃん」

「それでは周りに示しがつきませんっ。貴方は王なのですよ⁉　それを自覚しておられるのですか‼」

――ふむ、王か。それに自覚ときた。なるほど、一理ある。持ってなきゃおかしいよね、普通に考えて。

――でも、残念な事に私の返答は決まっている。

ギシリ、と座椅子の背を軋《きし》ませながら、私は手を頭の後ろで組んで不遜に言い放った。

「……ないよ、王の自覚なんて」

「は？」

私の言葉に、ガルシアが惚《ほう》けたように声をあげる。

まぁ無理もないか。これに関しては全面的に私が悪い。それは認めようと思う、反省はできないけど。

「あるわけがないよ。私は王ではなく魔王なんだよ？　まともな『王の自覚』なんてある筈が無い。皆だっていつも言ってるじゃないか。――らしくない。変。おかしい、って。――ありがとう、全部、私にとっては褒め言葉だよ」

そもそも、この私がまともな王になんてなれるはずがなかったのだ。

私の根底にあるものは、歪《ゆが》んだ正義感に、歪《ひず》んだ思想。勇者だった頃から、何も変われていない。

――あぁ、ならばもう心底『魔王』になるしかないじゃないか。幸いなことに私の精神性は悪役の方が向いているらしい。悲しいくらいにしっくりくる。

最近は前向きに頑張ってみたりもしたけど、それじゃあ私の存在なんて、この国にとってマスコットにしかならないだろう。そんなもの何の役にも立ちやしない。

……力は使える内に使わなくては。ただでさえ時間がないのに。

私には知識が足りない。常識が足りない。外交スキルも足りない。上に立つには欠陥品すぎる。

――私にあるのは強大な『力』だけだ。寧ろそれ以外何もない。元より私はできないことは無理にしない主義だし。

というよりも、私が内政関係を一から十まで統治する必要がないと思う。そんなのはできる人に任せればいいし。私が動く必要がある時は指示してくれればそれでいい。

「だからこそ、私の代わりに『頭脳』の役割を担う人材が必要なんだ」

「……それでも私は、人間にそんな重要な役割を担わすなど、認めたくないです」

「それは君自身として？　——それとも国民の総意として？」

「……どちらも、です」

眉をひそめてガルシアが言う。

人と半魔族の遺恨は根深い。つい最近まで殺し殺され奴隷として暮らしてきた者達もいる。それはちゃんと分かっているつもりだ。この国に人間を入れること自体、争いの火種になりかねない。

——でも悪いが、ここで折れるつもりはない。

「ある意味、私専属の奴隷みたいな感じになるんだから、さんざん使い倒してボロ雑巾のようにしてやるぜ、みたいな気持ちでいればいいと思うけど。それじゃ駄目？」

「理屈は分かりますが、納得はいきませんね」

憮然とした表情で、ガルシアは吐き捨てるようにそう言った。ふう、なかなか手強いな。

「それにわざわざあんな連中を抱え込まないでも、我々がいるじゃありませんか」

「……確かに君達には沢山助けて貰っている。とても感謝してるよ、ありがとう。——でも、それだけじゃ駄目なんだ。本当はガルシアだって分かってるだろう？」

今回の件は、ある種の問題提起の意味も孕《はら》んでいる。

本来ならばフランシスカを確保した後、まず最初にガルシアに話を通さねばならなかった筈だ。それを怠ったのはまぎれもなく彼の部下に他ならない。指導不足もあるだろうが、今回の一件はそういったシステム作りが十全ではないことを示唆していた。

はっきり言って、今までは他に改善するところが多すぎて見て見ぬ振りをしてきたが、こういった単純なミスが多すぎる。

だからこそ、今のぬるいシステムではこの国は立ち行かない。それどころか、発展の芽は限りなく低いだろう。それらに疎い私ですら分かるのだ。彼らにとっては言うまでもないことだろう。

――心の奥では分かっていた。村と国は違うのだ。規模も人も、何もかも。この国にはその定《じょう》石《せき》を理解する者が誰もいない。

そう、だからこそ新しい風が必要なのだ。それがたとえ裏切る可能性がある者であろうとも――遅かれ早かれ、変わるきっかけは絶対に必要だ。

そう掻い摘んで言うと、ガルシアは悔しそうにギリッと奥歯を噛みしめた。

……少し配慮が足りない言い方だったかもしれない。だが、それが現実だ。

――私達では駄目なんだよ。本当は皆だって分かってるんでしょう？　今のままではいけないって。

このままじゃ私達が向かうのは袋小路だ。小さくまとまって生きていけるほど、世界は甘くなんかない。

――それを回避するのには、行動を起こさなければならない。たとえそれが、誰かの意に沿わないとしても、誰かと敵対しようとも。

「心配しなくても、裏切ったらちゃんと私が責任を持って処分するから安心していいよ。念のため制約はかけておいたし」

「ですが魔王様。会ったこともないその兄とやらのために、フィリアとどう交渉されるおつもりですか。たとえ人知れず連れ出すにしても、それほどの重要な人物ならばきっと騒ぎになるでしょう。

最悪の場合、魔王様が疑われないとは限りません」

「え？　何言ってるの？」

「は？」

私の驚いた声に、ガルシアが訳が分からないとでも言いたげに声をあげた。訳が分からないのは私の方だよ。何の話をしているのやら。

「交渉なんてするつもりはないよ。堂々と、大勢の目の前で攫《さら》ってくるつもり――魔王が隠れて誘拐なんてみっともない真似するわけないじゃん。やるからには派手にいかないとね、派手に‼」

あはっ、と笑って見せる。そんな私を困惑したような目でガルシアが見た。

「……魔王様、正気ですか？」

その言葉は今日二度目だ。何度も確認しないでほしい。私はいつも正常なのに。

確かにいつもよりはテンションが高いかもしれないけど、割と今は冷静な方なのに。心外だ。

「私の正気は女神様《レイチェル》が保証してくれる。後でユーグにでも確認をとったらいいよ。――それに心配しなくても戦争にはならないはずだよ？　それどころか『魔王』のイメージアップだって夢じゃない。……事が上手く運べばね」

「なら、それをちゃんと俺にも説明してくださいよ」

ガルシアが真剣な顔でそう言った。

うーん、流石にこれ以上ふざけていては信頼度が下がりそうだ。私としてもそれは本意ではない。

では、聞かせてあげるとしよう。愉快で痛快な私の考えた喜劇を。歓声なしでは語ることのできないストーリーを‼

「まずはね――」

◆

私が計画を話し終えた後、ガルシアは目に見えて分かるくらいに狼狽《ろうばい》していた。

「あの、魔王様。言っていることはなんとか理解したのですが――本当にそれを実行なさるおつもりですか？」

「うん、勿論だよ」

「その仰《おっしゃ》った計画では、最後の局面までは全てその人間の手腕に掛かっているじゃないですか。……はっきり言って、失敗の確率が大き過ぎます」

「あれ？　失敗してくれた方が君は嬉しいんじゃないかな？　――まぁそれは置いておくとして、彼が途中の段階でしくじった場合、私にデメリットはあまりないしね。それはそれで構わないさ。人材に関してはまた別のアプローチをするよ。――それにこの程度のことで失敗するようなら、私の手駒には相応しくないよ。これくらいの試練、笑って超えられるようでなくちゃね。それに」

――妹の命も懸かってるし、必死になってやってやってくれるんじゃないの？

そう言って、私はクスリと笑った。

私の笑顔を見て、ガルシアが顔を引きつらせながら一歩後ずさる。……失礼な奴め。

「まぁ、私に任せなって。最高に格好いい『舞台』を演出してやるさ――それこそ、歴史に残るくらいのね」

――そのためには、今日の夜にでも『仕込み』に行かなくちゃ。

◆

「ああ、いた。――おーい、ユーグ。ちょっといいか」

「あれ？　ガルシアさん、どうしたんですか？」

ガルシアは魔王との話し合いの後、ユーグを探して城を歩き回っていた。

ユーグが女神と話ができるというのは疑っていない。元々、半魔族自体が感受性が強い者が多いのだ。

わざわざ口には出さないが、魔王やユーグの側に何かがいるのを感じ取っているものは少なくない。

『私の正気は女神様《レイチエル》が保証してくれる』

そう魔王は言っていたが、彼にしてみれば、とてもじゃないが正常な状態には見えなかった。

――もしかしたら例の侵入者に操られてしまっているのかもしれない。そうとなれば、魔術を扱えない己にできることなど、もはや女神に頼ることぐらいしかない。

「ああ、ちょっとな――魔王の様子がおかしいんだ。何か知っているか？」

「えぇっ⁉　魔王様が‼」

「よく分からないが、いつもより感情的だし、不穏な発言が多い。もしかしたら侵入者に操られているのかもしれない」

ガルシアがそう言うと、ユーグは目を見張り、自身の右側に顔を向けて何か話しかけた。

……もしかして、そこに例の女神様がいるのだろうか。だがガルシアには適性がないようで何も感じない。

暫くその何かと話すような仕草をしたかと思うと、ユーグは困ったような顔をして話し始めた。

「――えっと、その、女神様から伝言があるみたいなんですけど」

「何て言ってるんだ?」

「その『変なスイッチが入っているだけなので特に心配はいりません。突発的なものなので暫くすれば元に戻りますよ。――ただ』」

「ただ?」

「『その場の勢いの発言が多いので、あまりにも酷い時には一度頭を冷やしてあげて下さい。彼女《アレ》は一度《やる》と決めたら止めても止まりません。私が言っても、ユーグが言っても無駄でしょうから』と仰っています」

ひくっと頬の筋肉が動いたのが分かった。そ、その場の勢い?

「あ、あの、ガルシアさん?」

「……えろ」

「え?」

「誰かあの魔王《バカ》を捕まえろおぉぉぉ!!」

ガルシアは吠えた。それはもう盛大に。

勿論であるが、あの状態の魔王を止めることなど誰もできやしない。彼の途方もない苦難はここから始まるのであった。

かくして、魔王主催の『舞台』の幕は開かれた。

悲劇《バッドエンド》か喜劇《ハッピーエンド》かは、これからのキャストの働き次第。

――さぁ、物語を始めようか。

## 二十五．フラグっていう物は本人には見えない

「へっ、くしゅ」

……体調が悪いわけでもないのにクシャミがでた。誰か私のうわさでもしているのだろうか。まぁ仕方ないよね。私ってば可愛くて強くてカッコいい魔王様だしね。……ちょっと虚《むな》しいかも。

ガルシアに説教される前に城から出てきたはいいが、正直な話『仕込み』は夜にならねば行えない。昼間は流石に人目が多いしなぁ。隠蔽が面倒だし。

深夜まであと十時間ほど。折角だから教会にでも行ってみようかな、話したいこともあるし。

だが今回の目的の人物はベン爺ではない――目下の標的は愛らしい天使である。


「やぁ、エリザ。元気にしてた？」

「……あ、魔王様？　どうなされたのですか？」

彼女は私を見つけると、手にしていた箒《ほうき》を抱えてこちらへ駆けよってきた。うん、やっぱり可愛らしい。

普段から遠慮なく私を弄《いじ》り倒す子供たちは、もっとこの彼女のような謙虚さを見習ったらいいと思う。切実に。

「魔王様、何だかいつもより楽しそうですね。何かいいことでもありましたか？」

「え、わかる？　——ちょっと久々に羽目を外そうかと思ってるんだ。最近、大人しくし過ぎてた気がするし」

「大人しく……？」

エリザは不思議そうにそう言うと、視線を泳がせた。おいおい、その反応だとまるで私が普段も騒がしかったみたいじゃないか。失礼だなぁ。

まったく。私こそがこの世界で唯一の大和撫子《やまとなでしこ》だというのに。希少なんだよ？　絶滅危惧種だよ？

「——コホン。まぁそれは置いておくとして、此処に来たのは話したいことがあったからだよ」

「えっと、もしかしてベンさんに用事ですか？　呼んできましょうか？」

「いや、今回は君に用があってきたんだ」

「私に？」

エリザが首を傾げた。

「うん。あんまりいい知らせじゃないんだけどね。——ごめんね。例の件の調査があまり上手くいってないんだ。まだ主犯の組織も見当がついていないし……不甲斐ないよ、本当に」

「……そうですか」

私がそう言うと、エリザは胸の前で抱えた箒をギュッと握りしめ、俯いた。

言い訳のつもりはないが、私だって別に調べてなかったわけではない。この二か月の間だって何度か現場にも足を運んでいる。

——それでも、悔しいことに相手は私よりも優秀だ。突発的な放火にしか見えないというのに、有効となる証拠が一つも見つからない。それだけ今回のことが綿密に練られていたということだ。

……不安はあるが、今回ばかりは根気よく捜査していくしかないだろう。

「引き続き探りは入れてみるよ。何か分かったら、一番に連絡するから。約束する」

「魔王様……お忙しいのに、わざわざ話しに来て下さってありがとうございます。でも、私は大丈夫です。気遣って下さるだけで、十分です。――それに魔王様なら、きっといつか真実を見つけてくれるって、私、信じていますから」

そう言うと、エリザは悲しみに耐えるかのように、健気に笑って見せた。

ここまで純粋に信頼されると、自身の不甲斐なさに罪悪感が出てくる……これは、ますます手を抜くわけにはいかなくなったなぁ。

「ありがとね。――それで、最近はどう？　生活には慣れた？」

「はい、最初はちょっと戸惑いましたけど、今はとっても楽しいです‼　――あ、でも」

「でも？」

「シャルが家事を手伝ってくれないんです……食事はともかく、お掃除くらいは手伝ってくれてもいいのに」

エリザが不満そうに唇を尖らせた。

「ああ、そう言えば一緒に住んでるんだっけ。そうだ、後でガルシアにでも言っておくよ。そういうのをサボるのは良くないしね。他には酷いことされてない？　大丈夫？」

私がそう心配そうに言うと、エリザは焦ったかのように両手をぶんぶんと目の前で振った。

「あ、え、そこまではしなくてもいいです‼　わ、私がちゃんと説得しますからっ」

「えー、それは残念」

男女平等などと言う気はないが、同居人が家事を手伝わないのはいただけない。中には掃除しようとすると余計に汚してしまうような奴もいるが、そういうのは稀だろう。

ちょうど今なら機嫌も悪いだろうから、八つ当たりの相手にはちょうど良かったのに。ちぇ。

……べ、別に生意気な態度をとられたことを根に持ってるわけじゃないよ？　ないからね？

「あ、でも……その、魔王様？」

エリザが、ふと思いついたかのように話し出した。

「何かな？」

「あの、この国から出ることって可能なんですか？　――あっ、いえ、出ていきたいというわけではなく、里帰りみたいなものなんですけど……」

「んー、別にかまわないよ？　私に余裕があれば送り迎えもしてあげるし。今度一緒に行こうか？」

「あの、私じゃなくてシャルの方なんです」

その言葉に少々戸惑う。あの反骨精神の塊《かたまり》のような青年が里帰り？　正直言って似合わない。

「本人が帰りたいと言ったわけではないんです。でも、シャルはまだ両親が生きているみたいだし、きっと会いたいだろうと思って……」

エリザが俯きがちにそう言った。恐らく本心から彼のことを気遣っての発言だと思う。

だがしかし、私にはどうしても聞き捨てならない単語があった。

「――両親？」

「？　はい、そうです。よく両方のことが会話に出てきますから」

「彼って、クォーターだったかな？　見た目にハーフの方だと思ってたんだけど」

「いいえ、違いますよ？　――父親が蜥蜴人《リザードマン》だと言っていました」

「……そっか」

私は顎に手をあてて、考え込むかのように俯いた。

――なんだ、殺し損ねた奴がいたか。おかしいなぁ、魔族《アイツラ》の居場所は全部洗って駆逐したつもりだったのだけれど。何処で見逃してしまったんだろう。失敗、失敗。

そんな私の剣呑な様子を感じ取ったのか、エリザが慌ててフォローに入った。

「だ、大丈夫です!!　シャルのお父さんは今は人間は食べないっていってましたから!!　あの、だから、その、殺さないであげてください。――家族が死ぬのはとても悲しいことだから」

「エリザ……うん、心配させてごめんね。――大丈夫、危なくないのに殺したりなんかしないからさ」

だが、そう答えたはいいが、このまま放っておくというわけにはいかない。エリザは『今は食べない』と言ったが、それをそのまま素直に信じることはできない。私は自分に『魔族を裁く権利がある』だなんて別に思っていないけど、それでもレイチェルの召喚した『勇者』として、最低限の義務は果たすべきだろう。まぁ、疑わしきは罰せずとも言うし、本当に害がないなら放って置いてもいいけど。何にせよ、一度会って確認する必要がある。

……でも、居場所が探知できない以上、シャルに聞くしか方法がないのだが、素直に話してくれるとはとうてい思えない。――仕方ないか。

「ねぇ、エリザ」

「なんですか、魔王様？」

「これからも話に来てもいいな？　――ほら、城には女の子が少ないし、話し相手がいないいんだよ。それに仕事の息抜きにもなるしね」

「はい、私で宜しければ是非‼」

「えへへ、ありがとう。――それに彼のことも、もう少し詳しく知りたいんだ。なんだか私は彼に嫌われているみたいだしね。できれば仲良くしたいんだよ」

殊勝な顔をして言ってみた。……少しばかり、わざとらしかったかもしれない。

「はい、勿論です‼　――シャルも普段はとてもいい人なんです。私にも、まぁ、優しい？　ですし。きっと魔王様も仲良くなれます」

「今の疑問符はちょっと気になるけどね……。うん、ありがとうねエリザ。助かるよ」

純粋に善意で協力してくれるこの少女を利用するのは、少々気が引ける。でも、仕方がない。

「みんなが仲良くできるのが、本当は一番いいんだろうけどね」

――でも無理なんだろうなぁ。人は些細なことで争い、憎みあう。半魔族だって似たようなものだ。綺麗なだけの存在なんて、何処にもいやしないんだから。

そう思い、くすりと笑う。あーあ、世界って奴は本当にままならないものだなぁ。

「どうかしましたか？」

「いいや、別に？」

その後、取り留めのない話をしてエリザと別れた。

城に戻った後、ユーグに異常なほど心配されたが、私は至ってふだん通りだ。問題ない。

何か「魔王様、頭は大丈夫なんですか⁉」とか言われたんだけど……ガルシアの奴、何を吹き込んだんだ？」

「え、私の頭はいつだって大丈夫だよ……？」

動揺しながらそう言うと、ユーグの後ろに佇んでいたレイチェルに、またしても鼻で笑われた。な、納得がいかない。

◆

王宮の地下牢。

月明かりすら差し込まないその最奥に、一人の青年が捕らわれていた。

簡素な椅子に座らされ、両手足は鎖によって拘束されている。口には猿ぐつわがしっかりとはめられていた。恐らくは舌を噛んで自害させないようにするための処置だろう。

——そろそろ潮時だろうな。

冷静な頭で青年は考える。

妹はきっと逃げ切れた。身体能力に恵まれなかった自分に比べ、妹は体力も知恵もある。それにいざとなれば魔眼を解放してしまえばいい。時間稼ぎくらいにはなるはずだ。

彼女は強い娘だ。自らに流れる血にも負けず、健気に生きてきた。少々考えなしのところはあるが、それでも性根は曲がってはいない。だからきっと大丈夫。青年には、そう祈ることしかできない。

——こんなことになるならば、さっさと他国にでも嫁に出せば良かったのかもしれない。そうすれば追手《おって》をかけられることなどなかったのに。

妹の容姿ならば、結婚相手は引く手数多《あまた》だったことだろう。本妻の息子である自分に引け目があったのか「お兄様がご結婚なさるまで、私《わたくし》は何方《どなた》の下へも嫁ぐつもりはありません」ときっぱりと断言していた。

きっと自分と妹は、仲の良い家族だった。勿論、父も含めて。……その絆《きずな》が自分達を死に至らしめるのか。そう思い、青年は自嘲した。

関係が良好ということは——逆に互いの存在が弱みになってしまうということに他ならない。だからこそ、これ以上妹の負担にならないためにも、早めに終わらせてしまった方がいい。

青年の予測だと、あと数日もしない内にこの拘束は解かれる筈だった。恐らくは、交渉のために。大方『命は助けてやるから、自分達のために死ぬ気で働け』そんなところだろう。

——あぁ、それならばいっそ王の目の前でこの舌を噛み切ってやろうか。青年の脳裏に、あの愚《ぐ》鈍《どん》な王の驚く顔が目に浮かんだ。それもいいかもしれない。

青年がそんな思考に捕らわれかけていたその時、凛とした声が地下の部屋に響いた。

「——こんばんは」

この場に相応しくない若い女の声だった。その直後、パチンと指が鳴る音が聞こえた。

ふわりと、暗いだけだった牢の中に淡く明かりがさす。いぶかしく思いながらも、目を凝らして声の人物を見やる。

口元には緩く微笑を湛え、まるで夜会に出るかのような黒い豪奢なドレスを着て――彼女はそこに立っていた。

……会ったことはないが、見間違うわけがない。青年は当然のように彼女のことを知っていた。

彼女の名は、魔王アンリ――いや、悲劇の英雄といった方がいいかもしれない。

ここで何故見張りが出てこないか、などと考えるのはもはや無意味なことだろう。彼女が魔王であること自体が、その理由だと言い換えてもいいくらいだ。

「おや、思っていたよりも冷静なんだね。ちょっと意外かな。少しくらい取り乱すと思っていたのに――まあいいや。私は君に話があってきたんだよ。ヴォルフガング・フォン・ベルジュさん？」

人好きする笑みを浮かべながら、魔王は言った。

――魔王が、俺に話？

青年――ヴォルフは心の中で首を傾げた。

――正直考えたくはないが、ヴォルフには既に一つの推測が付いていてた。恐らくは、妹の仕業だ。青年が捕らえられた日から、既に三日たっている。ここから魔王の国までだいたいそれくらいあればたどりつくことは可能だろう。……あの無駄に行動力が高い妹のことだ。やりかねないことは否定できない。

眉を顰めたことにより、ヴォルフが答えに思い当たったことを察したのか、魔王は青年を見てクスクスと笑った。

「うん、ご明察。――私が此処にいるのは、君の妹の差し金だよ」

ヴォルフが話せないことをいいことに、魔王は説明を続ける。

魔王が説明した事項は大きく分けて三つ。

妹は現在、魔王の庇護下、もとい人質状態だということ。

妹は自分の救出と引き換えに、隷属契約をすでに結んでいるということ。

ヴォルフの隷属を条件に、自分と妹、二人の亡命、及び生活の保障をするということ。

――だが、その三つの約束事を守るためには、一つだけ条件があるということ。

この時既に、ヴォルフはだいぶ冷静になっていた。少なくとも状況を整理できる程度には、だが。

……確かにこの条件ならばそう悪くはないのかもしれない。生殺与奪権は握られているとはいえ、最低限の衣食住は保障されている。そう思い、ヴォルフは考え込んだ。

あの半魔族しかいない国に、純粋の人間である自分には居場所がないかもしれないが、妹は違う。彼女には魔族の血が流れている。彼女が迫害されないならば、自分は我慢できる。

それに正直、このままこの愚国に尽くして死ぬよりもよっぽどマシだと感じた。周りが敵だらけの魔王の国に尽力するというのもなかなかやりがいがありそうだ。自身の直感も悪い話ではないと告げている。

それに加えてここで頷かなければ確実に妹の命はない。ヴォルフにとって、それだけは許容できるものではなかった。

――ならば、答えは一つしかない。

肯定の意を示すため、ヴォルフは一度大きく頷いてみせた。

ヴォルフのその様子を見て、魔王は嬉しそうに微笑んだ。

その魔王の姿が、あまりにも噂と食い違っており、目を見張った。

――冷酷無比の殺戮《さつりく》人形。戦場の黒き悪魔。目の前で何が起ころうとも、眉一つ動かさない人の形をした化け物。国の上層部が話していた彼女の印象はそういったものが多かった。

今の感情豊かな様子が本来の彼女の姿なのだろうか。こんな顔ができるのならば、勇者時代にしていれば良かったものを。そうすれば――きっと今とは違う未来があったろうに。

それが直感によるものか、ただの感想かは、今のヴォルフには分からなかった。ただ、もったいないと感じた。それだけだ。

「なぁに、大した事じゃないさ。優秀と名高い君ならば、きっと達成できると信じているよ」

魔王は飄々《ひょうひょう》と笑いながら言う。

魔王は格子の前から一歩踏み出すと、そのまま通り抜けるかのように、いや、格子をするりと通り抜けて青年の目の前までやってきた。

もう、魔王の不条理加減については何も言うまい。考えても無駄だ。

――だが、手を伸ばせば届く距離に魔王がいる。自身の命を簡単に摘み取れる絶対的な強者が目の前にいる。それなのに、ヴォルフの心に恐怖はなかった。あるのはただ、奇妙なまでの胸のざわめきだけ。そんな不可思議な感情に戸惑いながらも、ヴォルフは魔王の次の言葉を待った。

魔王は少しだけしゃがむと、ヴォルフにしっかりと目線を合わせた。

その瞬間、魔王は今までの緩やかな笑みを一変し、愉《たの》しそうに、それでいて可笑《おか》しそうに、瞳に暗い色を浮かべながら八重歯を見せて邪悪に嗤《わら》って見せた。

一瞬にして空気が変わったのを肌で感じながら、ヴォルフは少しだけ狼狽える。

――あぁ、やはり彼《か》の者は魔王だったか。

全身が粟立《あわだ》つ。これは恐怖ではなく、期待によるものだ。

彼女の言葉に偽りがないことは分かる。だが目の前の相手が、何を言い出すのか全く想像がつかない。それはヴォルフにとってはとても新鮮で、得難い経験だった。

自分の『超直感《ギフト》』は、元々はあくまでも曖昧な事象を察知し、適正解を導き出す能力に過ぎない。この情報は正しいのか、それとも間違っているのか。これから進める事案は有益なのか、否か。それを整理し、実用できるように情報を吟味するのはヴォルフ自身の頭脳に他ならない。

そんな彼が読み切れない存在。妹はどうやらとんだ大物を釣り上げたようだ。

ヴォルフの様子など気にも留めずに、魔王は楽しげにその『条件』を言い放った。

「あのね、——ちょっと派手に処刑されてくれない？」

## 二十六. ヒーローはいつも遅れてやってくる

王国フィリアの城下町、城のすぐ側にある大広場には多くの人々が集まっていた。

広場の最前列、とある目的のために設置された舞台がそこにはあった。

その舞台上には数人の兵士と、憔悴した様子の青年が一人立っている。

明るい栗色の髪に、理知的な紫色の瞳をした青年は、しっかりと背筋を伸ばし、目の前の民衆を見つめていた。

青年は服こそは上等なものを身にまとっているものの、裾からのぞく手足には隠しきれないほどの青痣があり、服の下にはより執拗な暴行の痕があるだろうことが簡単に予想できた。そのせいか、青年の端正な顔からは色濃い疲労が見えた。

が、その表情は決して暗くはない。むしろ全てを馬鹿にしたかのような、挑発的な笑みを形作っていた。


――これは、何とも趣味がよろしいことで。

青年は舞台を見わたし、心の中でそう吐き捨てた。

目線の先には、十字に組まれた丸太が横たわっている。そのすぐ側には幾重にも重なった小枝や薪《たきぎ》が詰まれている。その隣には、嫌な臭いがするつぼが置いてある。恐らくは油の類だろう。

横に隠れるようにして詰まれている剣や槍もあった。手順としては十字架に縛りつけた後、串刺し、最後には遺体ごと火炙《ひあぶ》りにするといったところか。

あの愚物どもが考え付くにしては悪くはない。反逆者に対するパフォーマンスとしては十分だ。『自分はああはなりたくない』そういった恐怖心が反逆の芽を摘み取る。だがそれも限度を過ぎれば逆効果となるが、今回に限っていえばまだマシな方だろう。ヴォルフの父はクーデターの首謀者ということもあり、市中引き回しの上、体に火をつけられた。思い出すだけで言いようもない怒りが湧いてくる。

だが、現状でも十分なほど『魔王の期待』には応えられている筈だ。

――結果から言おう。『自分は上手くやった』そう断言できる。

魔王との邂逅《かいこう》から三日後。ヴォルフが予測していた通り、上層部から面会の打診があった。というよりも、アレは王との面会のようなものだ。

自分達が『ヴォルフガング・フォン・ベルジュのことを重用している』とヴォルフに思わせるための茶番。よほどこちらの機嫌を取りたかったのだろう。

謁見の間でヴォルフは国への服従を条件に、生存を許可されるという旨《むね》を王から伝えられた。それどころか、働きによっては、以前より上位の地位も与えてもらえるらしい。

――この時点でヴォルフには幾つかの選択肢があった。

一つは、誰の下にもつかず、このまま息絶えること。

自身のプライドだけを優先させるならば、さっさと自害してしまえばいいのだ。それが一番潔い。

しかし、妹は生きている。確かに魔王はそう言っていた。だが、ヴォルフが死ねば妹も死ぬ、それは避けられないだろう。

だからこれはむしろ最終手段とも言えた……死んでしまえば全てお終《しま》いだ。

二つ目は、王達に魔王の訪問を告げ、彼らを脅し、この国での確固たる地位を獲得すること。

この選択肢を選べば、妹は死に、この国は魔王に目を付けられることだろう。真の意味でフィリアの破滅を望むのならば、この選択も悪くはない。

三つ目は、魔王の言葉通り、自身の処刑を引き起こすこと。

魔王は言っていた。『別に死ぬ必要はない』そして『最後には必ず助けに行く』と。

魔王は多くを語らなかった。だからこそヴォルフは魔王の真意を想像するしかない。でも、考えたところでたった一つの結論にしかたどりつかない。

そもそもどの選択肢も『妹が魔王に保護されている』ことが確定事項としてあった。だが、心から魔王の言葉を信用しているわけではない。

噂で聞いた性格だと、特に人を精神的に追い詰めて悦《よろこ》ぶような人物ではなかったと思うが、実際はどうかは分からない。ただ、妹が生きていることだけは事実だ。ヴォルフの直感がそう告げている。

——ギフトとはよく言ったものだ、自身の直感ほど頼りになるものはない。

……父の時は失敗してしまった。駄目だと分かっていたのに、クーデターの強行を許してしまった。

彼の父はヴォルフの言葉を信じなかったわけではない。その力を頼りにしてくれていた。

——それなのに何故？　何故、父は今回の決行にこだわった？

そこまで考えて、ヴォルフはハッとして頭をふった。思考の袋小路に入り込むところだった。今はそんなことをしている状況ではないのに。

――それに、ヴォルフの気持ちはもう決まっていた。

そして、自身の直感が告げる魔王の真意はたった一つ。

――ただ漠然と、俺は試されている。そう悟った。

魔王を信じるか、それとも信じないか。ただそれだけを試されている。

魔王はきっと、妹の命も、ヴォルフの命だって気にかけてなどいないのだ。ただ『従うのなら、助けてやらなくもない』といった程度の関心なのだろう。いつ気が変わったっておかしくはない。

だからこそ、今この時こそが、魔王に認めてもらうチャンスなのだ。

閉じた先に浮かぶ、黒衣を纏った彼女の笑み。

生まれて初めてだった。『自分よりも格上』と断言できる者と出あったのは。

――元々ヴォルフは過度な名誉心や、人の上に立ちたいという野心を持ち合わせていない。地位など最初から興味が無いのだ。ただ十全に自身の力を発揮できる場があれば、それだけで満足だった。

だからこそ自分よりも強い者に仕えたいと願うのは、人として当然の欲求だろう。

フィリアの王と、麗《うるわ》しき魔王。ヴォルフがどちらを選ぶかなど、分かりきったことだった。

ヴォルフはフィリアの王の前に連れて行かれた時、事もなげにこう言い放った。

「何故《なにゆえ》この俺が、貴様らのような下劣な豚どもに従属せねばならない？　――笑わせるな」

それからは細心の注意を払い、その場で処分されない程度に煽ってみせた。その都度《つど》、細かい修正が必要だったが、何とか『大々的な処刑』という状況へ持ち込めたのだ。十分に成功と言っていいだろう。

——だからこそヴォルフは、盲信するしかない。あの魔王の言葉を。

ヴォルフ自身ですら、この選択は馬鹿なのではないかと思う。相手はあの魔王だ。客観的にみても信じること自体が無謀なのかもしれない。

——でも、いいさそれでも。その時は俺の直感が間違っていたというだけだ。

ヴォルフはそう思い、目を伏せた。

◆

——俄《にわ》かに舞台の前にいる群衆が騒ぎ始める。

「ええい、静まれ皆の者‼」

そう、王の側近の貴族が大声を上げた。ヴォルフも何度か見たことのある顔だった。どうやら彼が今回の進行役らしい。ご苦労な事だ、とヴォルフは呆れた。

「これより、反逆者『ヴォルフガング・フォン・ベルジュ』の処刑を執《と》り行《おこな》う‼」

その言葉に民衆たちはワァァと歓声を上げた——その熱狂的ともいえる姿に、何故かヴォルフは物悲しく思った。

重税に追われ、貧しい暮らしを強《し》いられ、貴族階級の食い物にされる。そんな彼らが、ヴォルフのような落ちぶれた元貴族の処刑を楽しみながら見物する。あぁ、何とも歪んでいる。

そんな彼らを、父は救おうとしていた。今の王族たちを一掃すれば現状を打破できると、そう願って……結局は失敗に終わってしまったけれど。

「おい、何か言い残したことはあるか？　――はっ、命乞いは認めぬがな」

男が憎々しげにそう言った。……無理もない、あれだけ煽ったのだ。嫌悪されても仕方がない。

まぁこんな男に疎まれたところで、ヴォルフには何の感慨もないのだが。

だが、最後の言葉となると、それなりに印象に残ることを言いたいものだ。こんなに観客がいるのだから。

「ああ、少しだけ言いたいことがある」

「なんだ、簡潔に言え」

男の言葉に、ヴォルフはにこやかにほほ笑んで見せた。

滅多《めった》にないヴォルフの愛想の良い姿に、男がたじろぐ。

ヴォルフを拘束していた兵を笑顔で黙殺し、舞台の前まで真っ直ぐに歩いた。どうやら貴族時代に培《つちか》った威圧は今も有効らしい。背後から焦ったような制止の声が聞こえたが、ヴォルフはそれをを綺麗に無視した。

好奇に満ちた民衆の視線がヴォルフを貫く。ヴォルフの心は不思議と穏やかだった。

――父がよく言っていた。『たとえ間違っていたとしても、自分を信じて前に進めば、きっと世界も変えられる』と。

今思えば、ずいぶんと大層な言葉だ。今回父が行動したことで、何かが変わったとはとても思えない。犬死にもよいところだ。……でも父は信じた。自分を――そして世界を。

――ああそうとも、アンタは別に間違ってはなかった。ただ、時期が悪かっただけだ。

この際だ、いつも思っていたことを吐き出してしまおう。あの魔王も派手好きなようだし、こういう趣向も悪くはない。ヴォルフはそう思い、笑った。

ヴォルフは大きく息を吸い込んだ。

ヴォルフは眼前の民衆たちをまっすぐに見つめ、言葉を吐き出す。


「――お前ら、恥ずかしくないのか？」


その言葉に、群衆は声を失った。

幾ばくかの静寂の後、ざわざわと声を上げる者が出てきた。戸惑った声を上げる者、罵声を上げる者、反応は様々だ。

だが、これで彼らはヴォルフの次の言葉を聞かざるを得なくなった。

――それでいい、しっかりと刻み付けろ。これが自分にしてやれる最後の手向《たむ》けだ。

「このままでいいと思っているのならば、それでも構わない。そのまま家畜として死んでいけばいい。――だが、無様《ぶざま》に搾取されるだけの人生で本当に満足なのか？　現状を変えたいとは思わないのか⁉　――いつまでそうやって流され続けるつもりなんだ‼　答えろ‼」

そこまで言って、ヴォルフは兵に押さえつけられた。背後から進行役の怒鳴り声が聞こえてくる。

――そんなにお前らに都合の悪い言葉だったか。それは悪かったね。そう思い、ヴォルフは小さく笑って見せた。

それに、眼前に広がる民衆の困惑した顔を見たら、多少溜飲《りゅういん》が下がった。

ヴォルフとしては、先ほどの言葉は別に皮肉でも何でもなく——心からの激励のつもりだった。

たった一人でもいい。今の自分達の状況を疑問に思うべきだ。それが一人二人と順々に増えて行けば、きっとそれは王の喉元《のどもと》に届く刃《やいば》になる。

別に死に急げと言っているわけではない。そんなことはもうヴォルフ自身も望んじゃいない。

——ただ、誰かに言われたからではなく、自分の頭で考えろ。自分自身で選択しろ。決して流されるな。

そうヴォルフは願う。他でもない彼らの未来のために。

——できることなら、父の理想を彼ら自身の手で叶えてくれればいいと思う。

上の人間が動くだけでは、きっと駄目だったのだ。あのクーデターが大勢を巻き込んだ大きな流れだったのならば、きっと結果は変わっていた。

自分はもうこの国に関わる事はできないけれど、少しでも良い方向へ進んでくれたらいい。そうヴォルフは思った。

その後すぐにヴォルフは、進行役の指示により十字架に縛りつけられた。腕の痛みに少しだけ眉を顰める。

「まったく余計なことを言ってくれる——蛙の子は所詮、蛙か」

進行役の男が忌々しそうにヴォルフを見やる。

「……その蛙に劣る分際で、よくもまぁそんな大口が叩けたものだな。笑わせてくれ、ぐぅッ」

言葉の途中で槍の柄で強《したた》かに殴られた。口の中が切れ、血の味が口内に広がった。あぁ、気分が悪い。

「最後の最後まで、馬鹿にしおってッ……。——もうよい、執行準備‼」

そう言って、男は右腕を振り上げた。

進行役の男の言葉を聞き、兵が剣や槍を持って、ヴォルフの周りを取り囲んだ。

ヴォルフの心に一抹《いちまつ》の不安がよぎる。

——はたして、本当に魔王はここに現れるのだろうか？

余興も既に終盤だ。ここで魔王が現れないのであれば、ヴォルフは無残に死ぬしかない。でも、ヴォルフは信じたのだ。ならばたとえ裏切られたとしても、魔王を信じた自分が悪い。こんな世の中だ、騙される方が悪いに決まってる。それがヴォルフの自論だった。

「それでも『約束』を破るのであれば——魔王もその程度の器でしかなかった、ということか」

ポツリ、とヴォルフは誰にも聞こえないようにそう呟いた。

もう目は閉じない。しっかりと今回の結末を見届けよう。

そう思い、ヴォルフは引き攣った頬を無理やり笑みに形作った。

——辛気臭《しんきくさ》い面《つら》で死んでいくなんて、それこそごめんだ。最期くらい笑って死にたい。恨み言なんて情けなくて言えやしない。

進行役の男は、今にも手を振り下ろそうとしている。

——あぁ、もう終わりか。

体中に刃物が突き刺さるのを覚悟した、その刹那。

「――その処刑、ちょっと待ってくれない？」

凛とした声が広場に響いた。決して大きくない声なのに、はっきりと聞こえる。

声の主は、広場の入口付近に悠然と立っていた。

黒いレースの日傘をさし、飾り羽のついた帽子を目深《まぶか》に被り、大きなふわふわとした夜会用の黒いドレスに身を包んだ少女がそこにいた。

その顔は、帽子に隠れてよく見えない。高い位置から見ているので尚更だった。

少女は周囲の視線など物ともせず、クルクルと傘を回しながら、ゆっくりと舞台に向かって歩いてくる。

誰しもがその異様な光景を黙って見つめていた。動こうにも、動けないのだ。

群衆達は騒ぎもせず、少女に道を譲った。まるでそうする事が当たり前であるかのように。

少女がピタリと舞台の前で立ち止まった。舞台の高さを見て、少女は首を傾げるような仕草をすると、そのままふわりと浮かび上がる。

――まるで妖精のようだと漠然と思った。そんなに可愛らしいモノではないことくらい、分かっていたけれど。

だが、同じ壇上にいる連中はそうもいかないらしい。その顔には焦りが見えた。剣を持ったそのままに強張《こわば》った顔で硬直している。

そして近くに来たことにより――少女の全貌が露《あら》わになる。

進行役の男がその光景に息をのんだ。

「あ、ああ、お前はっ——」

「退《の》け、下郎《げろう》。ソレはもう売約済みなんだ。——返してもらうよ」

ヴォルフをしっかりと見つめて、『魔王』は笑った。

# 二十七．青い空から舞い降りるもの

「ずいぶんともったいぶった登場だな、——魔王」

——本当に来たのか、あの魔王が。それは何とも愉快なことだ。自分の価値もまだまだ捨てたものではないらしい。

ヴォルフは笑った。それはもう、おかしくて仕方がなかった。

「——『様』を付けろ……と、言いたいところだが、今回は見逃してあげるよ」

ヴォルフにだけ聞こえるような声量で、魔王はそう言った。不穏な台詞であったが、そこに悪意は見られない。

だが魔王はこの状況でいったいどうするつもりなのだろうか？　正直、全く意図が分からない。

そんなヴォルフの困惑した様子を読み取ったのか、魔王がニヤリと笑った。

そして、大きく息を吸い込んだかと思うと、不思議なくらいによく通る声で話し出した。

「ヴォルフガング・フォン・ベルジュ、『反逆者』である君に問いたい——ねぇ、私に付いてくる気はないかな？　探してたんだよ、——『王』にも逆らえるくらいの人材をね。変にへりくだるような凡人は、必要ないから」

その言葉に、思わず目を見開く。

そしてヴォルフは、魔王の『意図』を悟った。なるほど、茶番はこれからと言う事か。

——いいさ、乗ってやる。此処まで来たんだ、最後まで演じきってやろうじゃないか。

「魔王様直々に勧誘とは、俺も偉くなったものですね。それでその申し出を受けることで、貴方は俺に何をしてくれるんですか？」

ヴォルフはそう不敵に言い放った。決してひかずに、あくまでも強気で接する。

ヴォルフは魔王がその程度で気分を害することはないと確信していた。だってその方が——舞台映えするだろう？

魔王の意図をくみ取るのならば、これが一番、理想的な対応だ。

「ふぅん、そういうこと言っちゃうわけか……」

「——っ」

魔王の静かなる威圧の気配に、辺りに緊張が走った。

ヴォルフはおろか、下にいる民衆たちもが魔王の次の言葉を待っている。まるで魔に魅入られたかのように。

「——私から君に贈るのは『信頼』だよ」

「信頼？」

「魔王からの『信頼』だ。何物にも勝《まさ》ると思うけどね。だから、君は好きなように動けばいい。それが国のためになるのなら、私は文句は言わないよ。『全てを許してあげる』——魅力的でしょう？」

「なるほど。首を縦に振るのには、十分すぎる理由ですね」

「ふふっ、じゃあもちろん、この手を取ってくれるよね。——傷だらけの賢者様？」

魔王がそう言って恭しく右手を差し出すと、ヴォルフを拘束していた縄がはらりと解けた。ヴォルフは下にあった薪に強かに体を打ち付けつつも、立ち上がる……ちょっと今のは格好悪かったな、と自身の運動神経のなさに辟易《へきえき》しながらも、ヴォルフは魔王の前へと向かう。

ヴォルフを取り囲んでいた兵達は、よろめきながらも道を譲った。流石にこの場で彼をどうこうする度胸はないらしい。賢明なことだ。

ヴォルフは魔王の前で片膝をつくと、迷わずに真っ直ぐに魔王の右手を取った。

――暖かい小さな手だった。その当たり前の事実に少し驚く。生きている人間なのだからそんなの当然の事なのに、なんだか不思議だと思った。

魔王はぎゅっと、ヴォルフの右手を握りしめたかと思うと、その右手ごと、ぐいっと引っ張られて抱き寄せられた。そして、彼の耳元で魔王が囁《ささや》く。

「ご苦労様。――上出来だよ」

――その言葉を最後に、ヴォルフの意識は途切れた。だから彼が知っているあの後の話は、全て魔王からの伝聞になる。

その顛末を聞いて、ヴォルフは笑った。「あぁ、何ともこの人らしいことだ」と。

◆

進行役の男は、目の前の光景に動揺を隠せないでいた。

魔王がヴォルフガングを引き寄せたかと思うと、彼の姿はその場から消え去ってしまった。

「な、何をしたのだ⁉」

――転移魔術。そうは分かっていたが、それでも問わずにはいられなかった。魔術という使い勝手の悪い技術は、当の昔に廃《すた》れてしまっている。その存在を知っていたとしても、直に見る機会などないに等しいのだ。

「はぁ？　私の物に何をしようと勝手でしょう？」

男の動揺を伴った問いに、魔王はまるで鬱陶しいとでも言いたげにそう答えた。

「それにお前らの王とは、もう話が付いてるんだよ。――金貨三万枚で私に彼を譲り渡すってね。ま、彼が是と答えたらって話だったけど。良かったよ、交渉が無駄にならなくて」

「……そんな、信じられるわけがない」

「後で王様に聞いてみなよ。まぁ違っていたとしても、お前に私は止められないだろうけどねぇ。

――さぁて、仕上げといきますか」

バッ、と片手を広げて、魔王が民衆の目を奪った。民衆たちは今から何が起こるのかと、戦々恐々とした面持ちでいる。

魔王は民衆の方に向き直り、よく通る声で言った。

「……私は正直、君達から優秀な指導者候補を奪うことを心苦しく思っていてね。その詫びをしたいと思っているんだ。――諸君、空を見るといい」

進行役の男は歯噛みした。

魔王が言った優秀な指導者候補とは、ヴォルフガングのことで相違ないだろう。彼が優秀だということはこちらも重々承知している。

——だから殺すことにしたのだ。御しきれない傑物《けつぶつ》など、生かしていても害にしかならない。

そうだというのに、奴が魔王の軍門に下るだと？　いくら王と話ができているといえども、この場ではどう見ても、自分の不始末でヴォルフガングが連れ去られたようにしか見えないだろう。まさか、自分は王に切り捨てられたのか？　そこまで思い至り、男は顔を青ざめさせた。

そんな男の様子など一顧だにせず、魔王はゆっくりと指先を空に向ける。

魔王のその姿に、民衆はおろか、兵達までもが呆《ほう》けたように空を仰いだ。それは魔王から見れば、さぞや滑稽な光景だったことだろう。

……いったい、何だというのだろうか。そう思いつつも、男も空を見る。そこには雲一つない晴天が広がっていた。

魔王がパチン、と指を鳴らすと——何もない青空から、急に大きな雪が降り出した。

……いや、雪ではない——これは花か？

桜色の五枚の花弁を持った大きな花が、大量にひらひらと落ちてくる。

「国とは、民がいてこそ成り立つものだ」

魔王が降り注ぐ花を穏やかな目で見つめながら、凛とした声で言う。

「すなわち国とは、民の映し鏡に他ならない——だから私がしていることは、何も間違っていない」

魔王の言葉の意味が掴めない。国とは、王と貴族の所有物だ。民草《たみくさ》など、所詮はそこに住む家畜程度の存在でしかない。それがこの世の道理だ。

男は混乱しながらも、目の前に降ってきた花弁をそっと掴んでみる。一見、何の変哲もない花に見えたが、手に取った瞬間、その形は変貌した。

花弁が掌《てのひら》に融けるようにして消え、中からずっしりとした金色の何かが出てくる。その見覚えのある形に、男は思わず大声を上げた。

「こ、これはイリス金貨⁉」

「ああ、金貨が当たったの？　ついてるね」

「どういうことだ……まさか、あの花全部がっ⁉」

あれらがすべて硬貨だとすると――ゆうに万は超えるのではないだろうか。だとすれば、まさか⁉

ハッと顔を上げる。自分の思い至った推測に、男は戦慄した。

「金貨三万枚とは、あの花のことなのか⁉」

「ご名答‼　――私がお前らの王様と約束したのは『ヴォルフガング・フォン・ベルジュの引き渡しの際に《フィリア》に金貨三万枚を支払う』という事だけ。国とは民そのものなんだから、彼らがその報酬を受け取る事は何もおかしくないでしょう？　あ、でも、今回は水増しのために、二万枚ほど銀貨に変換してるんだけどね。総額は一緒だから見逃してよ」

魔王はそう言って笑った。それはまるで悪戯《いたずら》が成功した時のような無邪気な笑みだった。

「――衛兵ども‼　急いで民衆たちをこの広場から追い出せ‼」

早くしなければ硬貨の回収ができなくなる。集まった奴らから無理やり徴収しても構わないが、それでは反乱が起こる。一度手にしたものを、あの愚民どもが手放す筈がない‼　そう思い、男は声を張り上げた。

が、肝心の衛兵の姿が見えない。

まさか、奴らもこの馬鹿げた騒ぎに混じっているのか？

「――もう遅い」

魔王はクスクスと笑いながら、舞台の下を指差した。もう誰も進行役の話などは聞いていない。

――なぜなら誰しもが花を奪い合って、喧騒に身を投じているのだから。

全てが後手《ごて》に回ってしまっている。恐らく金貨の回収は、魔王の言う通り手遅れだろう。

「くそっ、こんな真似をして我々が黙っているとでも思っているのか⁉」

男は苛立《いらだ》ち紛れに、魔王を怒鳴りつける。

――そうだ、国だ。こんな面子を潰されるような真似をされたら、いくら相手が魔王とはいえ、ここまでコケにされて王が黙っている筈がない。

「――もちろん思っているさ。まぁ見てなよ」

魔王は男を一瞥し、不敵に笑うと、さっと舞台の最前に歩き出した。

その様子を見た民衆が、一人、また一人と動きを止める。そして、誰もが魔王の姿に釘づけになった。別に見ろと命令されているわけではない。だが、魔王の立ち振る舞いを目にすると、自然と視線で追ってしまうのだ。はたして纏う黒色《まぞくのいろ》がそうさせるのか、魔王の姿には物言わぬ存在感があったのだ。跪《ひざまず》けと言われたら、思わず従ってしまいそうな重厚な気品。

きっと民衆たちは、本能で悟っていたのだ――彼女こそが、王の器であると。

魔王は舞台の真ん中に立つと、ゆっくりと右腕を上げてみせた。

――その姿に、爆音の歓声が湧く。その中には魔王を賛美する声が後を絶たない。

それを舞台の上から見ていた進行役の男は、あまりの理不尽な光景に、絶望に打ちひしがれていた。

クスクスと魔王が嘲るかのように笑いながら、男の方を見た。

「こんなものだよ、人なんて。——今の彼らの心に忠義なんてありやしない。信念を持って生きている奴なんてごく僅《わず》かだ。常日頃から虐《しいた》げられ、苦しい生活を余儀なくされているのならば尚のことだ」

囁くような声で魔王は言った。

「大概のものは金で動くし、金で買える。金と意志——それさえあれば、ほらこの通り」

魔王が気まぐれに手を振るたび、歓声があがる。まさにこの場は魔王の独壇場と化していた。

「この様《ざま》で私に喧嘩を売るっていうのなら、それこそお終いだろうね？　彼らの反乱は流石に怖いだろう？　——ほら、民意は大切にしなくちゃ」

くるりと、魔王は男の前に向き直った。

——男には、何も言い返すことができない。

確かに現状で戦を起こそうものなら、どんな大義を掲げたとしても、民衆からは不満が出るだろう——今の王権より、この魔王の方が良いと言いかねない。そんな空気だった。

「王様にちゃんと言っておいてね。『金貨三万枚相当の貨幣、確かに《フィリア》に渡しました』ってさ。念書にも金貨三万枚相当って書いてあるから、ちゃんと確認してね。——それと此処だけじゃ不公平だから、今回の映像を流すついでに、国中に硬貨をばら撒《ま》いておいたから。まぁ、全部回収するのは無理だろうね」

「……この、悪魔め」

進行役の男が苦々しく吐きだした言葉を、魔王は笑いながら受け止めた。

「残念だけど、悪魔じゃなくて魔王だよ。――それでは皆さん、お元気で」

魔王はそう言って、民衆の方に深々とお辞儀をすると、瞬《また》きをする間に消えてしまった。

進行役だった男は魔王が消えた場所を呆然と見やり、その場にへたりと座り込んでしまった。

ヴォルフガングを連れ去られた上、王と魔王の裏取引すら破綻してしまっている。いくら知らなかったとはいえ、この不始末の責任は自分が取らされるに違いない。紛れもない失態だ。男はそう思い、声にならないうめき声を上げた。

「この事を王に何と報告すべきか……」

そう弱々しく呟きながら、男は民衆たちを見た。彼らはいまだ興奮冷めやらずといった様子で、騒ぎ立てるのをやめない。それを見て、男の心に一抹の不安がよぎる。

男は青き血を持たぬものなど、取るに足らない存在だとずっと考えてきた。

だがもし、あの小僧の言ったように、数だけは多い民衆どもが反乱を起こしたら我が国はどうなる？

――そう、男の知らぬ間に『崩壊』という名の魔物は、ゆっくりと忍び寄ってきているのだ。

◆

ヴォルフが目覚めて最初に見た物は、綺麗なシーツと、シミ一つない白い天井だった。

「……ここは」

「――お兄様！　お目覚めになられたのですか？」

その声に、顔を横に向けた。

「ああ、よかった……。お兄様、もう三日間も眠ったままでしたのよ？　どこかまだ痛いところがあったりはしませんか？」

駆け寄ってきた妹――フランシスカが、そっと労《いた》わるようにヴォルフの手を握った。

「いや、大丈夫だ。――そうか、お前も無事だったか。……安心したよ」

ゆっくりと上体を起こし、自身の身体を確認する。所々に傷跡は見て取れたが、不思議なことに痛みは全くない。ヴォルフが怪訝そうにフランシスカを見やると、フランシスカは困ったように目尻を下げた。

「お兄様がここに来た時に、ええと、その――あの方が治療して下さったのです」

フランシスカが何とも言えない表情で、部屋の隅を見つめた。釣られてヴォルフもそこを見やる。

――そこには、異形の物体が佇んでいた。

「――……つっ⁉」

思わず肩をビクリと揺らした。

形自体は、黒っぽいクマのぬいぐるみに近い。だが、その縫い目は無造作にザクザクと縫われており、不安定な印象をうける。さらに特徴的なのは、その顔面だ。目にあたる部分には、赤黒いボタンがいくつも乱雑に縫い付けてあり、口に至っては悪魔のように引き攣った笑みを形作っている。

ここまで、――ここまで『邪悪』を模した物が存在するなんて。

得体のしれない全長五十センチほどのその物体は、ヴォルフの視線に気が付くと、ゆっくりとその場に立ち上がり、こちらに歩み寄ってきた。

『だいじょうぶ？』

それは幼げな少年のような声だった。異形は首をかしげると、こちらをその赤黒い目で見つめてくる。

「あ、ああ。大丈夫だが……」

動いたことにも驚いたが、さらに話すだなんて。何処から声が出ているのかは分からないが、不思議なことには変わりない。

「こちらはベヒモスさん。この城の管理人ですの。とても有能な魔術師で、お兄様の傷も魔術で治療して下さったのですよ？」

「そうか……。――ありがとうございます。助かりました」

ヴォルフはベヒモスに向かって頭を下げた。いくら奇怪な形をしていようとも、恩人なことは確かだったのだから。――果たして、これが本体なのかは分からないが。

魔術師というからには、別に実体があってもおかしくはない。だが、今の自分の立場では、それを聞く権利はないだろう。いくら地位を約束されているとはいえ、所詮は新参者。立場は弁えなくてはならない。

『あと一時間くらいしたら、ますたーが来るから。それまで家族でお話ししててね』

ベヒモスはそう告げると、床に沈むようにして消え去ってしまった。

ヴォルフは呆然とその場を見つめながら呟いた。

「……何というか、凄まじいな」

「私も初めて見た時は、悲鳴を上げましたわ……」

フランシスカは青い顔をして言った。

「流石は魔王の家臣なだけあるな」

ヴォルフはそう言って頷いてみせたが、冷静に見えても多少は混乱しているらしく、どうにもずれた感想しか浮かばないようだった。

そんなヴォルフの動揺を知ってか知らずか、フランシスカはヴォルフの顔を覗きこみ、心配そうに問いかけた。

「それにしても、いったい何があったのですか？　魔王様が事の顛末は話して下さったのですが、お兄様が何故そんな状況になったのかまでは教えて下さらなくて……」

「ああ。きちんと話す。——だが」

そこでヴォルフは言葉を区切り、フランシスカの手首をギリッと握った。睨《ね》め付《つ》けるようにフランシスカを見て、ヴォルフは言った。

「——お前、いったい、あの魔王相手に何をしでかしたんだ？」

あの魔王は、生半可《なまはんか》な説得で動くような人間じゃない。だからこそ、ヴォルフにはこの愚妹《ぐまい》が魔王に対し何かをしたとしか思えなかった。

「そ、それは……」

フランシスカは俯くと、観念したかのようにゆっくりと話し出した。

それから妹の口から語られたのは、聞いているヴォルフの方が頭を抱えたくなる内容で、よくあの魔王が手助けしてくれる気持ちになったな、と胆を冷やした。

「フランシスカ。もうすぐ魔王が来る。――後でまたじっくりとお説教だ」

「はい……」

さめざめと泣くフランシスカを尻目に、ヴォルフは小さくため息を吐いた。

――だが、これで余計に逃げられない理由ができた。元々逃げるつもりなどはなかったが、さらに妹の命が懸かっているとなっては尚のこと。

……見事に首輪がつけられたな。

そう思い、ヴォルフは苦笑した。

「さて、これからどうしたものかな」

全く予想がつかないことばかりだ。それを面白いと感じる自分は、きっと異端なのだろう。

だからこそ、とヴォルフは思う。

――頭の螺子《ねじ》が外れた者同士、きっと話が合うだろう。主従としてはちょうどいい。

「お兄様？」

「いや、楽しくなりそうだと思ってな」

そう言って、ヴォルフは心底楽しそうな様子でニヤリと笑った。

――こうして、魔王の国《ディストピア》に最優の頭脳が加わった。

大局で見れば、魔王にとって事は有利に動いている。だが、彼女《アンリ》が彼《ヴォルフ》を御しきれるかどうかは

――また別の話である。

## 二十八．共犯者達の秘めやかな内緒話

「えげつないです」

――時はさかのぼって、処刑日から二日前のこと。今回の作戦概要をレイチェルに説明した結果、ドン引きとでも言いたげな顔でその言葉を言い放った。

「ああ本当に、よくもそんなことを思いつくものですね」

「そ、そんなにひどいかな？」

あまりの酷評だった。

私が考えたにしては、かなり理にかなっていると思うのだけれど。

「『人を信じる』ということを、いったい何だと思っているのですか、貴女は」

そこでレイチェルは一度大きく頭《かぶり》をふった。

「まず第一に『彼《ヴォルフ》』に出している条件です。こちらに引き込むと、もう決めているのですから、もっと穏便に進めてもよいのでは？　……そもそも貴女が『約束を守る』ということを、彼が信じなければどうするつもりなのですか」

「その時は、フランシスカ共々見捨てるつもりだけど。別に無償で助けてあげる義理もないし」

「…………」

「ちょっと、睨むのやめてよ。ったく、レイチェルってそういうところ細かいよね」

やれやれ、とでも言いたげに私は肩を竦めた。

確かに非情なことを言っている自覚はあるが、別にそこまで変なことを言っているわけではない。一度『助けてやろう』と思っただけでも、十分、人道的だと思うけど。

「別に私が干渉しないとしても、彼の行き着くところは絶望だけでしょ？　あの好条件で私に賭けられないなら、そんな奴いらないよ。――彼の超直感《ギフト》が優秀なら、私に付いた方が有益だって分かるはずだしさ。分かり易いように、交渉では嘘はつかなかったし」

そう、私は何一つ嘘なんて言っていない。話さなかったことはあるけれど。

「それに吊り橋効果？　だっけ？　ギリギリで助けに行ったなら、私への信頼度は嫌でも上がるよね」

まぁ、そういった打算もある。

それに、ヒーローは遅れて登場するべきだろう。ほら、最初くらい威厳を見せておきたいっていう、ちょっとした見栄ってやつだ。

そう言って笑うと、レイチェルは呆れ顔でため息を吐いた。そして、彼女は気を取り直したかのように続ける。

「第二に、貨幣のばら撒き――正直言うと、趣味を疑いますね。やり方が前回と似ていてワンパターンですし」

ワンパターン。その言葉にぐさりときた。私だって何となくそう感じたけど、深く考えるのは避けていたというのに。

「で、でも、戦争回避には、お金で解決するのが一番簡単だと思うんだけど……」

「人の心をお金で買おうだなんて思うのが、そもそもの間違いです。それが元で暴動が起きたら、どうするつもりなんですか？」

「……あの国は元々、いつ反乱が起きてもおかしくはなかった。彼らの父親がいい例だよ。それに、私の行動が『反乱の切っ掛け』になりうることは、ちゃんと理解している」

民衆の不満も、国の腐敗も、何もかも、もうきっと限界に近いのだろう。噛み合っていない歯車なんて、いつかは壊れる。

「でもそれで本当に反乱が起こったとしても、私は干渉するつもりはないよ。自分の国のことは自分達で解決するべきだ。たとえ切っ掛けが魔王《わたし》にあったとしてもね」

——それにいちいち他人《ひと》の国の事情になんか構ってられないよ。私も忙しいんだし。

そう嘯《うそぶ》くと、レイチェルがいかにも不満です、と言いたげに私を見た。

何とでも思えばいいさ。約束自体はちゃんと守るのだから、私は悪くない。

——そう、この決行二日前の時点で、フィリアの王との裏交渉は済んでいた。

だからこそ、後は私の独壇場だ。あの王様は彼《ヴォルフ》が、『処刑』と『離反』、そのどちらを選ぼうと、自分は得しかしないと思い込んでいる。でも、少しばかり考えが足りなかったようだ。もしかして、太ると頭に血が廻らないのかもね。

——そのせいで、奴らは私に足元をすくわれることになる。これもすべて条件を細かく指定しない奴が悪い。念書も書かせてあるので、後で文句を言われる筋合いもないし。

クスリ、と唇をつり上げて笑う。自分の性格が悪いことは自覚しているが、やはり悪人相手の悪《わる》巧《だく》みは愉しい。

「なんでそんなにイキイキしてるんですか、もう。……それに宝物庫だって無限ではないのですよ？　それに、このままですと貴女の枕詞《まくらことば》に『拝金主義の』とついてもおかしくはないですから」

「えぇ、それはちょっと格好悪いなぁ。――でも前回の帝国の分と、今回の分を引いても、まだ宝物庫の八割くらい残るんだけどね……。正直、私が生きている間には、使いきれない気がする」

でも拝金主義か。他人はともかく、私とこの国の住人は金では動かなそうだ。ここならお金があんまりなくても生きていけるし。

「そういう問題では……。はぁ、もういいです。今の貴女には何を言っても無駄みたいですし……ですが、悪いことばかりでもないですね。順当に彼が条件を全うすれば、彼への半魔族からの悪感情は大幅に減少するでしょうし。なにせ、『魔王を信じて命を懸ける』のですから。反対派の筆頭のガルシアとて、そうなれば彼を認めないわけにはいかない筈です」

まぁ、そうじゃなければ事前にガルシアに話した意味がなくなるしなぁ。

認めてもらわなくては困る。これからは彼《ヴォルフ》に、私に代わって内務を取り仕切ってもらう予定なのだから。

「実際さぁ、いがみ合ってもろくなことがないんだよ。どうせ一緒に仕事をすることになるんだから、問題の解決は早い方がいいでしょ。……マッチポンプなのは否定しないけどね」

でも、私は天秤にかけただけに過ぎない。何を一番に優先させるかを。――私は人の感情よりも、この国の未来を選ぶ。ただ、それだけ。

選択を迫られれば、これからもきっとそうするだろう。

いつかきっと私にも、大事なモノの取捨選択を迫られる日が来る。その時、せめて後悔だけはしないように、心構えだけはしっかりとしておかなくては。

――それに、今回はレイチェルがはっきりと批判してくれてよかったと思う。

私が突っ走っている時に『それは間違っている』と言ってくれる人は重要だ。レイチェルはぶれない。だからこそ安心して話ができる。

レイチェルは『神様』としてみると頼りないけど、人格だけは誰よりも善良だ。だからこそ、誰よりも信頼できる。それに彼女が私に負い目を感じている限り、彼女は私を絶対に裏切らない。

……こんな風にしか考えられない私の方が、歪んでいるだけなんだろうけど。心に浮かんだ浅ましさを押し殺すようにして自嘲する。私はどうやら『優しい人』にはなれそうにもない。

そんな私の姿を見て、レイチェルは「仕方のない人ですね」と、苦笑した。

「それでも、途中でやめるつもりはないのでしょう？　――なら、最後までしっかりと押し通しなさいな。私が見守っていてあげますから」

そう言って、レイチェルは微笑んだ。さながら、そう、――女神のように。

「これから先、辛いことや苦しいことも数多くあるでしょう。それが貴女の選んだ『魔王』という名の道です。――それでも私はいつも貴女の傍にいますから。直接的な力にはなれないかもしれませんが、それでも心の重荷を分かち合うことくらいはできるはずです。迷った時は、私が背中を押しましょう。立ち上がれなくなった時は、この手を差し伸べましょう。――だって私は、貴女のための女神なんですから」

……ああ。本当に、この女神《ひと》には敵わない。どうして彼女はいつも私のほしい言葉をくれるのだろう？

「あはは、本当に何もできないけどねー」

「も、もう。そこは触れないのが優しさでしょう？」

甘やかな空気に耐えられなくなり、思わず茶化してしまった。面と向かって気遣われるのは、少々恥ずかしいものがある。

レイチェルが困り顔で目線を泳がし、ばつの悪そうな表情を浮かべた……一応気にはしているらしい。

「悪かったってば、冗談だよ。……こんな不心得者の信者でごめんね」

半ばからかいながらそう言うと、レイチェルは拗《す》ねたかのようにそっぽを向いた。

「私は真剣に話しているというのに何なんですか、もう。罰《ばち》が当たっても知らないですからねっ」

「ええっ、それ女神《レイチェル》が言うとシャレにならない……」

「そう思うなら、もう少し真面目になりなさい！　まったく、貴女はいつも……」

「あー、はいはい。分かったってば。だから小言はもう勘弁してよ」

私がそう言ってパタパタと右手を顔の前で振ると、レイチェルは不満げに唇を尖らせた。

「なんか、レイチェルってお母さんみたいだよね」

「冗談じゃありません。私の娘がこんなにお転婆なわけがないでしょう？　百年経ってから出直して下さい」

「と、遠回しに死ねと⁉」

私がわざとらしく驚いたように言う。それから二人で顔を見合わせて、クスクスと笑った。

――それは、いつもの日常の光景だった。

時折、この掛け合いにユーグが加わって、他愛《たわい》もない話をする。

そんなささやかな日常を『幸せ』と呼ぶのかどうかは、きっと本人達にしか分からない。

そんな日常に、新しい住人達が加わる日もそう遠くないだろう。

## 二十九．魔王様の休日　～次の被害者は誰だ～

「平和だ……」

夢が詰まった黄金の花の雨を降らせてから、十日。あれから特にフィリアからのアクションはなかった。

そういう風に仕組んだ私が言うのもなんだが、はっきり言って拍子抜けである。もう少しくらい骨があると思ってたんだけど。いやいや、敵対されないのはいいことなんだけどね。

――フランシスカとヴォルフガング……長いからシスカとヴォルフでいいや。二人に関してはまだ様子見といったところだ。

人間《かれら》の存在に反発している者は少なくはないが、上層部――ガルシアやユーグなど――が比較的大人しいため、大っぴらに非難する者はいないらしい。

だが、考えてみてほしい。そもそもこの国の主、つまり私自身が人間なのだ。非難も何もないだろうに……あれ、もしかして私、人外扱いされてる？　え、マジで？　衝撃の事実に動揺を隠せない。

……それはともかく、話し合いというか団欒《だんらん》？　的な機会は作った方がいいだろう。何かイベントになりそうなことはないものか。収穫祭と言うにはちょっと時期的に遅すぎるし、後で何か探してみるとしよう。

「暇そうですね」

ふと気が付くと、レイチェルが私のすぐ横に立っていた。

初《しょ》っ端《ぱな》からあんまりな言いようである。まったく、私が傷つかないとでも思っているのだろうか。私はこんなにも繊細だというのに。

「まぁ、仕事は殆どあの二人に投げたからね。まだやらなきゃいけないことはあるけど、ちょっと疲れたから休憩中」

それにここ暫くはフィリアの動向に備えて強制的に内勤を余儀なくされていたし、だいたいの仕事は片付いている。ちょっとくらいの休憩は許してほしい。

まぁ周りから見たら、私は常時日曜日みたいなものなんだろうけど。全く理不尽な話だ。

そう思い、ソファーの上で大きく伸びをした。ベス君に頼んで上質の物を作ってもらったんだけど、これがなかなか素晴らしい。人を駄目にするソファーとタメを張るかもしれない。

そんな私を見て、レイチェルが呆れたように言う。

「だからと言って、共有スペースのソファーでだらしなく寝そべるのはどうかと思いますけど……」

ぐうの音もでない正論だった。

……でも、何故だろうか、ずっと昔にもそんなセリフを誰かに言われたことがあるような気がしなくもない。主に実家とかで。

三つ子の魂百までとも言うし、今さら矯正は不可能だろう。まず、そもそもやる気がなかった。淑女のように振る舞うのは、正直もう飽きた。あんなの一年もやれば十分だろ。

そんな私の無言の訴えを悟ったのか、レイチェルは「本当に駄目だな、コイツは……」とでも言いたげな目で私を見つめてきた。今にも舌打ちをしそうな顔である。

おい、いいのか、女神がそんな顔して。信者にばれたらイメージガタ落ちだぞ。特にユーグとかに。

「でも、今さら威厳を気にしたところで手遅れですしね。そう口煩《くちうるさ》くは言いませんが、程ほどにしてくださいな」

レイチェルがやれやれとでも言いたげな口調でそう言い放った。

……手遅れってなんだ手遅れって。

確かに周りによく「最初はあんなに格好良かったのに……」と言われるけど、やる時はちゃんとやってるよ？　それなのにまるで残念な子みたいに言われるのは心外だ。

が、ここでむきになって反論したところで論破されるのが落ちなので、黙っておく。この女神は意外と口喧嘩が強いのだ。

「……善処します。――よっ、と」

腹筋の力だけで上体を起こす。その時、ピキ、と背骨からなんだか聞こえてはいけない音が聞こえた。チクリと地味に痛かったため、回復魔術を使っておく。

……これは、少しヤバいかもしれない。

「うわぁ……。どうしようレイチェル、私、運動不足かもしれない」

ま、まだ花の十代なのに。やっぱりアレか、魔王を倒すまでハードワークだったのに、それからずっとニート同然の生活を送ってきたツケなのか。……劣化魔王とか冗談じゃすまないぞ。

「いつも移動を転移魔術に頼っているからですよ。情けない。たまには自身の足で動いたらどうですか？　まぁ、あえて言うなら、ジョギングでも始めてみたらどうです？」

「えー、ジョギングする魔王とか超シュールじゃない？　え、今さら？　……さようですか。――でもたまには体を動かさないと勘が鈍るよなぁ。あーあ、この世界にもダンジョンとかがあったらよかったのに。ＲＰＧ的なやつ」

「ダンジョン？」

私の言った言葉に、レイチェルが首を傾げた。

おっと、うっかりゲーム脳が再発してしまったようだ。でも皆大好きだよね、ＲＰＧ。あ、銃じゃない方ね。

私はレベルアップが苦手で、途中で投げ出しちゃうことが結構多かったけど。結末だけプレイ動画を見ちゃうタイプだったりする。正直、ゲーマーとしては最低ランクだ。

「ああ、ダンジョンっていうのは、暇つぶしも資源獲得もできて、レベルアップまでできる有意義な施設の事だよ。冒険者の死亡率は限りなく高いけどね」

大幅に説明は省略したけれど、嘘は言っていない。むしろ、だいたいはあっていると思う。

「そ、そんな恐ろしい施設が貴女の国にはあったのですか⁉　ニホンとはそんなにも危険な場所なのですね……流石、貴女を育《はぐく》んだ魔都です」

レイチェルが顔を青くして、怯えた風に言った。……何だか変な風に勘違いしちゃってるけど、面白いから訂正しないでおこう。暫くはこのネタで弄れそうだ。

「それは置いておくとしてさ、魔術があるんだから、竜《ドラゴン》とか精霊とかがいたとしてもいいよね。

此処に来てから、そういう夢いっぱいな出会いってものが無いしさぁ」

ここには魔族とか魔王とか悪玉の敵しかいなかったし。

魔法と幻想生物は、ファンタジーの世界観では切っても切れない関係だ……魔族は、うん、アレは侵略者枠だから。ちょっと違うんだよ。

え？　じゃあ、女神はどうかって？　あれは、むしろネタ枠だろ。しかも結構俗っぽいから、ありがたみが薄いし……でもこんなことを言うと、また怒るから黙っておこう。

そんな私の言葉に、レイチェルがきょとんとした顔をする。てっきりまた呆れられるかと思っていたのに、意外な反応だった。

「いますよ？」

「えっ」

「精霊は見たことありませんけど、いますよ――竜は」

レイチェルの思わぬ言葉に驚愕する。

――竜。それはまさに「一度は会ってみたい生物」ランキングに上位ランクインするはず間違いなしの幻想生物。ありとあらゆる創作物に登場し、その素晴らしさをアピールしている魅惑の存在。

そんな竜が、実在するだと⁉　――うわぁ、テンションあがってきた。

「え、嘘、大蜥蜴とかの間違いじゃないよね？　――見たい‼　すごく見たい‼　何処に行けば会える？　ちょっと行ってくるから教えてっ‼」

未だかつてないほどのキラキラした目で、レイチェルに詰め寄った。そんな私の稀有な様子に戸惑いながらも、レイチェルは口を開く。

「お、落ち着いて下さい。そう簡単に会える存在ではありません。彼らは大陸の最北端リヴァイア島に生息しているのですが、その島は結界が張られていて、誰も入れない状態なのです。彼らは古き神々に次ぐ魔術の申し子ですから、かなり強固な結界だと思いますよ」

「……それを破れば」

「いくら貴女でも無理でしょうね。術の構築形式から違っていますから、私の与えた知識では穏便な突破は不可能だと思いますけれど。貴女の場合、破壊だけなら恐らくは可能でしょうが、結界に集中砲火すれば、結界どころか地盤の島自体が壊れる虞《おそ》れがありますし……」

レイチェルが無慈悲にも私の希望を圧《へ》し折《お》っていく。こ、此処で折れるわけにはいかない。夢のためにも‼

「な、何か、他に方法は……」

私の懇願するような言葉に、レイチェルはふむ、と考え込んだ。何か考えがあるのだろうか。

「彼らの血縁者の許可があれば入れるとは聞いたことがありますが、最近は竜の花嫁の話も聞こえてこないですし、望み薄でしょうね。――ああ、『竜の花嫁』と言うのは、ドラゴンに嫁いだ人間のことです。昔は結構な数がいたのですが、人が力を付ける度に数が減っていったと聞きますし。今ではもう、うわさすら聞こえてこないですから……」

と、レイチェルは申し訳なさそうに言い切った。あ、つまり無理ってことですね、分かります。

こんなの絶対おかしいよ……こんな途方もない絶望的な思いを味わうくらいなら、最初からいないって言ってくれた方が良かった。

気持ちを切り替えるため、ソファーの上で膝を抱えて体育座りをしてみる……むなしさが増しただけだった。

「…………」

「もう、こんなことで拗ねないで下さいよ。きっと長生きすれば一回くらいは本当に偶然かもしれませんが、見ることができるかもしれないですし、元気を出しましょう？　ね？」

「いや、慰めるつもりがあるなら、もっと前向きな言葉を掛けてよ。それじゃあ結局、ほぼ無理ってことじゃん。私のリアルラック見くびってんの？　徹夜待ちの整理券が目の前で切れたり、宝くじを末尾違いで外す女だよ？」

「比較対象がちょっと理解できないんですけど……」

そんな感じでグダグダとした会話を繰り返し、余計に虚しくなった。

……何やってるんだろう、私は。何だかどうしようもなく無駄な時間を過ごした気分だ。

何となく怠くなったので、レイチェルの注意の声を無視し、再度ソファーに寝そべった。あー、やっぱりこれ、寝心地がいいや、やっぱりベス君、いい仕事してる。

そんなことを考えながらうとうとしていると、ふと誰かに声を掛けられた。

重い瞼を上げると、ユーグが私の前にしゃがみ込んでいるのが見えた。

どうしたのだろう、そう思い声を掛けようとした。その時、ユーグから発せられた一言に、頭が一気に覚醒することになる。

「魔王様。ずいぶんと暇そうですけど、今日は仕事お休みなんですか？」

――Ｈｉｔ‼　魔王の精神に重大なダメージ‼

グサリ、と言葉のナイフが胸を抉《えぐ》った。思わずたじろぐ。

おかしい。レイチェルに言われても全く心に響かなかったというのに……。この差はいったいなんだろうか。

「ひ、暇と言えば暇なんだけど、これは何というか小休止っていうか……別にサボりとかそんなのじゃなくてね⁉」

何だかよく分からない焦りを感じながらまくし立てた。もはや、何に対しての言い訳か分からない。

これはまるで、平日に有休をとってダラダラしているのを、子供に見咎められている時のお父さんの気分……そんな感じだ。

背後のレイチェルが、狼狽える私を見て、けらけらと声を出さずに笑っている。……この間の意趣返しのつもりか。うーん、殴りたい。

そんな私の慌てた様子を見て、クスクスと控えめにユーグが笑う。レイチェルもこれくらい謙虚ならば、怒りも湧いてこないのに。

「それじゃあ、今日はずっと一緒にいられますね」

ユーグがはにかみながら嬉しそう言った。その言葉に少し驚く。

そういえば最近は色々あって、こんな風に昼間から一緒にいることはなかったな。前はこれが普通だったというのに。

……やっぱり息抜きは必要だよなぁ。そうじゃないと大切なことを蔑《ないがし》ろにしてしまう。

「よし、今日は特別に、私がお茶を淹《い》れてあげよう。この前、帝国にお忍びで行った時に、紅茶を買ってきたんだ。もったいなくて封を切れなかったけど、折角だから開けちゃおう」

「本当ですか？　ありがとうございます」

ユーグが顔を上げて嬉しそうに笑う。心なしか耳がぱたぱたと上下に動いてる……どういう仕組みなんだろう、あれって。いや、可愛いから別にいいんだけどさ。

◆

四苦八苦しながら、自分で紅茶を淹れる。はっきり言って、私の淹れるお茶はあまり美味しくない。

蒸らす時間が悪いのか、それともただ単に私の手際がおかしいのかは分からないが、極端に薄かったり苦かったりするのが殆どだ。細心の注意をはらって的確な時間で淹れれば、それなりの味になるけども。

料理もできなくはないが、味は似たり寄ったりだ。食べられなくはないレベル、とだけ言っておこう。産廃レベルの劇薬を量産する姉や祖母に比べたら、私はまだマシな方だし。

ベス君にお茶菓子を用意してもらいながら、テーブルの準備をする。だが、おまかせで頼んだはいいが、紅茶に対し御饅頭《おまんじゅう》っぽい何かを出すセンスはいったいどこからきているのだろうか。いや、確かに美味しいけれども。

「そう言えば聞きましたか？」

「ん？　何が？」

紅茶のカップを手に取りながら、ユーグが話し始めた。

「ガルシアさん、結婚するそうですよ。僕、今度、立会人を頼まれたんです。一応は巫子なんだから、って。女神様にも作法とか色々聞いて勉強しているんですけど、やっぱり緊張してしまって……」

「……え、結婚？　ホントに？」

私のその言葉に、ユーグが「え？」とでも言いそうな顔をした。

——恐らく彼は「立会人の件は聞きましたか？」というニュアンスで聞いたのだろうが、正直それ以前の問題だった。結婚の話自体、私の耳には入っていない。

ていうか、え、私には何の報告もなかったんだけど……。私、嫌われてる？　嫌われちゃってる？

私が目に見えて動揺しているのが分かったのか、ユーグはおろおろと困った顔をしている。

「お、落ち着いて下さい。この辺りでは『上司への結婚の報告は、全て終わってから』という風習があるんです。だから別に貴女が知らされていないとしてもおかしくはありませんよ」

私のあまりの慌てぶりを心配したのか、レイチェルがすかさずフォローを入れてきた。

「捨ててしまえ、そんな悪習!!　……死ぬほどびっくりしたよ」

「いえ、——昔はよく領主や村長などに、結婚間近に無体を強いられることも多かったと聞きますし、ある程度は仕方ないでしょう。文化の違いなのですから、大目に見てあげてください」

レイチェルが複雑な表情でそう告げた。色々思うところがあるらしい。

そういう生々しい事情を聞かされると、ちょっと何も言えなくなる。

……でも、個人的にはちゃんと言ってほしかったなぁ。ある意味、一番仲がいい部下なのに。

「あ、あの魔王様。ごめんなさい、僕てっきり知っているかと思って……」

そうユーグが耳を伏せて、申し訳なさそうに言った。

今回の一件はある意味、文化の違いが原因であって、別にユーグが悪いわけではない。

自分が悪くないことでも、こうやって落ち込んで謝ってしまうのはユーグの悪い癖だと思う。

優しいことは悪いことではないが、度が過ぎれば自身の首を絞めかねない。卑屈になるのも善し悪しだなぁ。

私は苦笑しながら、ユーグの頭を優しく撫でた。

「ああ、ユーグは全然悪くはないよ。だから気にしちゃダメだよ。ね？」

「……はい、すいません」

「――それにしても結婚かぁ、皆で集まって式とかはしないのかな。花束くらいなら贈っても許されるよね」

私の何気ない言葉に、ユーグがゆっくりと首を振った。

「いいえ。結婚式をするなんて、それこそ領主や城主くらいにならないと、教会から許可が下りませんから。普通は教会関係者の立会いの下での宣誓くらいしかしないそうですし」

「ユーグ、詳しいんだね」

「エリザさんに色々教えて貰ったんです。まだまだ覚えることは多いですけど……」

ユーグは申し訳なさそうにそう告げた。いやいや、この数か月の内にちゃんと自覚を持って勉強に励んでいるんだから、そんな風に思うことないのに。真面目な子だなぁ。

「ユーグはよくやってるよ。私が保証する。——ほら、私の分の御饅頭一個あげるから元気だしなって」

そう言って、彼のお皿に一つ御饅頭を置いた。ユーグは遠慮がちに私を見たかと思うと、嬉しそうに笑って、ありがとうございますと言った。

……もっと自信を持ってもいいのに。

それに比べて私は、何もしないでぐーたら過ごしてただけだな、と思い至る。言ってしまえばただの屑《くず》だった。はやくまともな人間になりたい。

ゴホン。それにしても結婚式しないのかぁ……残念だな、お祝いしてあげたかったのに。ていうか、すればいいのに。

——その時、私の脳内に電流が走った。

そうだ。やらないのならば、——やらせればいい。

「凄い……今日の私ってば、冴えてるかも」

「魔王様？」

ユーグが不思議そうに問いかける。

そんな彼に、私はニコリと安心させるように笑って見せた。

「——魔王様主催の『結婚式』しちゃおうか」

この、とある爆弾発言が発せられた瞬間、とある人物——そう、仮にGさんとでも言っておこうか――が大きなくしゃみを連続でしたとかしなかったとか。みんなのお察しの通りである。

# 勇者から王妃にクラスチェンジしましたが、なんか思ってたのと違うので魔王に転職しようと思います。 1

＊本作は「小説家になろう」（http://syosetu.com/）に掲載されていた作品を、大幅に加筆修正したものとなります。


2015年3月20日　第一刷発行

著者 …… 玖洞
©KUDOU 2015
イラスト …… mori
発行者 …… 及川 武
発行所 …… 株式会社フロンティアワークス
〒173-8561　東京都板橋区弥生町 78-3
営業　TEL 03-3972-0346　FAX 03-3972-0344
アリアンローズ編集部公式サイト　http://www.arianrose.jp
編集 …… 下澤鮎美・望月 充
装丁デザイン …… ウエダデザイン室
印刷所 …… シナノ書籍印刷株式会社